APNÉE

DU MÊME AUTEUR

Merci Bernard, en collaboration, Balland, 1984.
Autopsie d'un nain, roman, Ramsay, 1987.
Tue-Tête, roman, Bernard Barrault, 1989.
Palace, en collaboration, Actes Sud, 1989.
La Carte des vins, roman, Michel Lafon, 1991.
Vous me croirez si vous voulez, Flammarion, 1993.
Les Coccinelles de l'Etna, roman, Gallimard, 1994.
Brèves de comptoir, Michel Lafon, 1987-1988-1989-1990-1991-1992-1993-1994-1995-1996-1997-1998.
10 000 Brèves de comptoir, tome 1, 1993 ; tome 2, 1995, Michel Lafon.
Chiens de comptoir, avec Blandine Jeanroy, Michel Lafon, 1996.
Chut ! roman, Julliard, 1998 (Prix populiste, 1998 ; prix Alexandre-Vialatte, 1998 ; prix Bacchus, 1998).
L'Eau des fleurs, roman, Julliard, 1999.
Brèves de comptoir, théâtre, Julliard, 1999 (Grand prix de l'humour noir).
Les Nouvelles Brèves de comptoir, théâtre, Julliard, 1999 (Grand prix de l'Académie française du jeune Théâtre 2000 ; Grand prix de l'humour noir).
10 000 Brèves de comptoir, tome 3, Robert Laffont, 1999.
Brèves de comptoir 2000, Robert Laffont, 2000.
Brèves de comptoir, texte intégral, collection « Bouquins », tome 1, Robert Laffont, 2002.
Brèves de comptoir, texte intégral, collection « Bouquins », tome 2, Robert Laffont, 2002.

Au théâtre

Les Brèves de comptoir ont été créées le 23 août 1994 au théâtre Tristan-Bernard, direction Eddy Saiovici, mise en scène Jean-Michel Ribes.
Les Nouvelles Brèves de comptoir ont été créées le 15 septembre 1999 au théâtre Fontaine, direction Dominique Deschamps, mise en scène Jean-Michel Ribes.

JEAN-MARIE GOURIO

APNÉE

roman

Julliard
24, Avenue Marceau
75008 Paris

ISBN 2-260-01578-6

« Ne me secouez pas. Je suis plein de larmes. »

Peau d'ours, Henri CALET

À la petite fille que j'ai fait naître,
et que j'ai fait mourir.

le 12 mai 1977, un homme a tué ma petite fille, Sandrine, Sandrine avait six ans, les journaux avaient surnommé cet homme *le Monstre de Hauterive* parce que c'est là qu'on habitait à l'époque, à cent trente kilomètres de Paris, *le Monstre*, c'était notre voisin le plus proche, un maçon qu'on connaissait bien, Monsieur Jean, j'avais vingt-trois ans quand on me l'a tuée, j'ai des photos de moi qui datent de cette époque, et je trouve que j'étais jolie, ce sont des agents de l'Équipement qui ont trouvé le corps de Sandrine, coincé à la sortie d'une écluse, Simon et moi, on l'avait cherchée partout, on avait téléphoné partout à ses copains et ses copines de l'école et puis les gendarmes sont venus à la maison avec le maire, ils nous ont dit que la petite avait été retrouvée morte, Simon est resté muet et puis il a demandé, où? les gendarmes ont dit, Montereau, je me suis demandé ce qu'elle était allée faire à Montereau, Sandrine n'était peut-être pas morte? elle n'était pas la seule petite fille à vivre à Hauterive et peut-être qu'on en avait tué une autre, Simon a ouvert les fenêtres de la maison, il a fait des allers et des retours sans savoir, pourquoi Sandrine ? pourquoi la nôtre et pourquoi pas la petite Rageot qui a le même âge ? le dimanche suivant, quand on a su que c'était notre voisin qui avait tué Sandrine, Simon s'est mis le canon du fusil dans la bouche et il a tiré, moi, quand j'ai entendu le coup de feu, j'ai mis mes bottes de jardin et j'ai marché jusqu'à la serre, il y avait eu de la pluie, sous le soleil, et l'arc-en-ciel semblait monter de notre terrain, je suis entrée dans la plus grande, j'ai trouvé là Simon qui n'avait plus que la moitié de son crâne, je suis restée debout à me balancer d'avant en arrière, d'avant en arrière, Simon me laissait toute seule avec notre enfant qui était morte, il me laissait seule avec l'homme qui l'avait assassinée, c'est tout ce qu'on était sur la terre maintenant, je suis restée à me balancer d'avant en arrière, j'ai pas pleuré, et puis on a enterré Simon, et les nuits je me réveillais en sursaut, je ne savais plus si il était mort ou seulement sorti voir les plantes, je ne savais pas où était ma petite fille, et puis d'un coup tout me revenait, ma petite qui était morte et Monsieur Jean et moi tous les deux attachés maintenant à ma petite morte, je me redisais les mots sans arrêt, lui et moi maintenant et ma petite morte, j'étais debout à me balancer, que lui et que moi maintenant, les autres personnes, c'était plus rien du tout, on était chacun Monsieur Jean et moi d'un bout du corps à tirer sur la morte, pour la faire venir à soi, dans ses bras, et je me balançais, comme ça, comme ça, beaucoup de gens de Hauterive étaient venus à l'enterrement, une dame m'a donné une enveloppe bleue avec de l'argent, ceux qui n'étaient pas venus au cimetière en déposaient dans la boîte aux lettres, des gens venaient me voir, des amis de Simon que je ne connaissais pas, j'avais acheté du jus d'orange en grande bouteille, la dame de la mairie m'avait dit que c'était une bonne idée, elle avait le regard comme si elle était ma mère, elle me faisait peur, je montrais la chambre de la gosse, on voulait que je reste assise, je montrais l'emplacement des tasses, des filtres, du café, du sucre, de tout ce qu'il faut pour faire et servir un café, les gendarmes venaient faire des photos, la juge se déplaçait, le maire passait à la maison tous les jours, il voulait faire venir des gens de la famille, des cousins de Reims, je n'ai plus mes parents qui sont morts dans un accident de voiture, j'ai été finie d'élever à Poinchy par les deux vieilles dames qui tenaient l'épicerie, elles me déguisaient, je me souviens d'une robe de marquise en velours bleu avec des boutons de nacre en forme d'olives que j'adorais, elles étaient gentilles, on les a mises à l'hôpital tenu par les bonnes sœurs, elles prient toute la journée, le maire m'a demandé si je voulais les revoir et j'ai dit que je savais pas, pour quoi faire ? les parents de Simon vivent dans les Pyrénées espagnoles, deux personnes que le maire a appelées au moins dix fois au téléphone et qui lui répétaient la voix pleine de sanglots, oh mon Dieu mon Dieu mon Dieu ! mon Dieu mon Dieu ! et puis ils raccrochaient, allô ! le maire recommençait, allô ! monsieur et madame Dubosc ? oh mon Dieu mon Dieu ! mon Dieu mon Dieu ! tout le temps comme ça, j'ai su qu'ils avaient été convoqués à la gendarmerie et puis au palais de justice de Bayonne, ils ne sont pas venus à l'enterrement de leur fils, le maire m'a dit que c'était pas leur vrai fils, c'était le fils de qui alors ? ils ont envoyé des sous mais pas beaucoup, alors je me cachais le plus que je pouvais dans les serres, au milieu des plantes qui poussaient dans tous les sens comme nous, Simon Sandrine et moi, on y avait poussé, Sandrine adorait cet endroit, le toit de verre qui avait verdi sous les pluies filtrait le soleil, l'été on se voyait la peau en vert et en jaune et nos joues quand on se faisait la bise sentaient comme dans les bois, Sandrine poussait ici comme une fougère, la vie des plantes lui avait fait les yeux étonnés, on se sent différent des autres quand on reste des jours entiers sous les serres, dans la chaleur et les odeurs, ils parlent de construire des serres sur la lune pour faire pousser des légumes mais les serres de la lune sont déjà ici, sur la terre, on me traînait chez la juge, je ne comprenais pas ce qui se disait, la juge avait le regard doux pourtant, elle voulait me faire parler de celui qui avait tué ma petite, mais moi je voulais rester chez moi, parlez-nous de Monsieur Jean ! elle demandait, pour dire quoi ? je lui répondais simplement que Jean c'était notre voisin, c'était Monsieur Jean, je regardais les murs, les meubles, il n'y avait pas de fleurs, la juge recommençait, toujours, des heures, parlez-nous de Monsieur Jean ! elle me disait qu'il fallait me réveiller, j'avais l'impression d'avoir toujours entendu ça, à la petite école ou au stage de coiffure rue Blanc, c'était toujours le même reproche, notre Chantal compte les mouches au plafond ! mademoiselle Chantal, il faut vous réveiller ! c'est à mon stage de coiffure que j'ai connu Simon, j'avais quinze ans, Simon dix-neuf, il avait répondu à une petite annonce, « cherchons cheveux bonne nature pour école de coiffure jeunes filles poses payées », comme il avait des jolis cheveux clairs qui lui descendaient sur les épaules il avait fait l'affaire et nous servait de cobaye pour des exercices, il garait sa moto devant le centre, il racontait qu'il élevait des fleurs, il était beau et avait des gestes lents, doux, il était séduisant, il travaillait à la graineterie de la place et suivait en plus une formation à l'école d'horticulture, un samedi, on est allés aux serres de son école, il faisait un temps de chien, on s'est faufilés dedans en cachette du gardien, il y faisait chaud, la pluie tambourinait sur le verre et ce bruit se multipliait au milieu des feuilles des rosiers, des milliers de rosiers, pour la première fois, là, il m'a embrassée, on avait sur les lèvres le goût des fleurs, il m'a déshabillée lentement et après il s'est déshabillé, on était nus tous les deux dans l'air mouillé, j'étais une fleur mouillée, sa fleur mouillée, il m'a dit une orchidée, j'étais couchée sur la terre chaude, je lui frottais le dos avec la terre humide, on se disait qu'on ferait l'amour dans toutes les roses qui étaient ouvertes, l'eau ruisselait sur le verre, on était comme des lianes enchevêtrées, ça m'a fait mal et on a recommencé, je n'ai jamais été plus heureuse que ce jour-là, nue sur la terre mouillée, j'ai eu ma petite à l'âge de dix-sept ans, j'ai toujours rêvé d'avoir une petite fille, c'est plus gentil qu'un petit garçon, tout le temps de la grossesse, j'ai réussi à dissimuler mon ventre aux deux vieilles dames de Poinchy, ça me plaisait de cacher un bébé en moi, une autre personne invisible, comme un ange avec moi, dans moi, qui m'aurait choisie, la première fois que les vieilles dames ont vu mon bébé elles ont juré que c'était pas possible qu'il soit à moi car j'étais une enfant, notre Chantal est une enfant, elles disaient, notre bébé, j'ai des photos de moi prises par Simon l'été suivant sur la plage, j'étais fine comme une herbe, je n'avais pas de seins, le corps pas fini d'une gamine, des cheveux blonds décolorés sur des épaules étroites et pointues, à l'époque je mettais des pulls serrés qui laissaient voir mon nombril et des jupes courtes, des bottines blanches avec les semelles compensées comme en portaient les chanteuses qu'on voyait danser dans la télé, quand je promenais la gosse dans sa poussette les gens se retournaient et je les entendais qui s'exclamaient, eh ben elle est pas en retard celle-là ! quand d'autres me disaient en riant, dis donc elle est grosse cette poupée pour une petite fille comme toi ! c'est vrai que j'avais l'allure d'une gamine de treize ans, mes petits seins ne donnaient pas suffisamment de lait pour mon bébé, alors les mamans qui en avaient trop vendaient le leur et j'en nourrissais ma petite au biberon, je ne savais pas qu'il était possible de vendre son lait pour faire téter les bébés des autres mamans, comme si c'était du lait de vache, Sandrine pesait trois kilos deux à la naissance, elle ne voulait pas sortir de mon ventre, peut-être qu'elle savait qu'il ne fallait pas sortir parce qu'au-dehors de moi, on allait la tuer, les bébés sentent des choses que les adultes ne sentent pas, les bébés sont plus près de la nature, comme le sont les petits animaux, j'ai vu des petites panthères à la télévision, à peine nées, elles ont peur de nous, tout le temps que j'étais enceinte je me remplissais le ventre de petits gâteaux pour que mon bébé soit heureux, mon bébé n'a pas voulu sortir de moi parce que dedans c'est doux et chaud, j'essayais d'imaginer comment elle se tenait en moi quand je marchais dans la rue, quand je courais, quand je dansais sur la musique, quand je me tenais assise ou bien quand je m'allongeais, et quand on fait le poirier ? le bébé flotte à l'envers comme dans une fusée ? le soir dans mon lit je m'installais sous la couverture comme je savais qu'elle était installée en moi, recroquevillée, ses jambes devant elle et ses minuscules mains devant sa minuscule figure, quand je m'endormais, j'avais l'impression d'être mon bébé en suspension dans mon ventre, j'étais ma petite fille dans moi, alors bien sûr je n'avais pas envie de naître non plus, maintenant encore et toujours le soir avant de dormir je deviens ma petite fille, je tire le drap sur ma figure et je me raidis dans le lit, je joue à la morte, comme on le fait quand on est petit, hier, après vingt-quatre ans passés en prison, Monsieur Jean est sorti, la juridiction de libération conditionnelle a rendu un avis favorable, cet homme ne représente plus aucun danger pour la société, c'est ce que les juges ont dit au sujet de Jean, je suis allée l'attendre devant la porte de la maison d'arrêt, il a beaucoup plu, j'avais beau plaquer ma main sur mon crâne, le vent froid emmêlait mes cheveux noirs, je crois que je ne fais pas mon âge, quand il est apparu sur le trottoir devant la centrale j'étais déjà trempée comme une soupe, Jean n'avait que son sac de sport, il faisait vieux sur le trottoir brillant, ses cheveux collés sur ses oreilles par l'averse, tout maigre tout maigre, encore plus maigre dans tout ce vide autour de lui, il était perdu comme un gosse et bien qu'on se soit rencontrés plein de fois au parloir des prisons, il n'a pas eu l'air de me reconnaître, il m'a regardée, la pluie rebondissait sur l'asphalte en cloches de muguet, ensuite il a inspecté la rue sur sa droite et sur sa gauche, je lui ai fait un signe de la main, aujourd'hui Jean a soixante et un ans et moi j'en ai quarante-sept, il a hésité, je suis allée vers lui, il n'a pas bougé, je lui ai demandé si tout allait bien, il a répondu oui d'un mouvement de la tête, après je lui ai demandé, on y va ? il est resté un long moment les yeux dans le vague, il a fait oui, il portait un blouson très fin qui ne lui tenait pas chaud, il tremblait un peu, j'ai mis le chauffage dans la voiture, la route durant, il a regardé dehors, les grands champs labourés, les nuages gris, sans rien dire, il s'était aspergé d'eau de Cologne, je me suis tue aussi, j'avais mal au ventre, je ramenais à la maison l'homme qui avait tué ma petite fille, j'ai senti que Sandrine était près de moi, toutes les deux, on le ramenait à la maison, j'ai préparé le repas, un poulet rôti avec des pommes de terre frites comme il me l'avait demandé dans sa dernière lettre, je lui ai indiqué l'emplacement de la salle de bains et les toilettes, il a regardé toutes les choses avec de la surprise et surtout du détachement, il n'était pas là, il a mangé lentement en prenant soin de ne pas faire de bruit en mâchant, il n'arrêtait pas d'essuyer ses lèvres et de rassembler les miettes en un petit tas sur la toile cirée, la lumière du plafonnier creusait ses joues, bombait encore les poches de peau grise sous ses yeux d'un bleu délavé, entre ses mèches de cheveux que la pluie avait collées j'apercevais la peau blanche de son crâne, j'aurais aimé savoir ce qu'il pensait, il a dit non pour le vin et bu du Coca, j'ai appris au cours du procès que ce jour où Jean a tué ma petite, il avait pris des apéritifs à la gare de Montereau, il était saoul, Jean a mangé le blanc de poulet, fini les frites, à un moment il a dit que ça lui faisait drôle d'être sorti, d'être ici, que c'était irréel, qu'il ne savait pas quoi dire, j'ai souri, il a répété qu'il ne savait pas quoi dire, et j'ai encore souri, comment avait-il pu tuer ma gosse et lui faire subir ce qu'au procès j'ai appris qu'il lui avait fait subir, avant de la jeter dans la rivière près de Montereau ? il a avalé son yaourt aux fruits rouges, raclé longtemps le fond du pot en carton, ça faisait le bruit d'un chien qui gratte à la porte, alors j'ai cru que ma Sandrine attendait derrière lui pour aller se coucher, qu'elle se tenait bien droite sous la lumière, bien sage et silencieuse, à cette heure tardive tellement fatiguée ma gamine, un papillon tapait la lampe, j'écoutais dehors les arbres de la rue secoués par le vent, le petit sifflement de la chasse d'eau qui fuit, le ronron de l'aquarium, Jean s'est couché tôt et je lui ai dit bonne nuit, en vidant le sac de Jean pour mettre ses affaires en lessive, j'ai retrouvé les lettres que je lui avais envoyées en prison, je sais qu'il les avait gardées, la première lettre date du mois de juillet 1980, c'est encore lisible sur le timbre, postée à Hauterive dans l'Yonne, près de Sens, les autres lettres ont été postées dans d'autres villes, dans d'autres villages, dans d'autres rues, pendant longtemps, lentement, je n'ai fait que me rapprocher de Jean, au dos de cette première enveloppe j'avais dessiné un cœur transpercé par un couteau pointu et qui saigne, un jour, à la cafétéria du palais de justice, l'avocat m'a crié dessus que j'étais folle de lui écrire, j'ai expliqué que je lui écrivais parce qu'il avait tué ma petite fille, je l'ai mise au monde et il me l'a prise, je n'ai plus que lui, le temps a effacé ma première lettre, seulement quelques mots sont restés,

tué
petite fille
mourir
vide
Sandrine
personne
chez nous

des mots loin les uns des autres sur le papier gris, j'avais une jolie écriture, je me souviens comment je m'appliquais à écrire « mourir », Jean dort et je trouve qu'il tousse beaucoup, est-ce qu'il dort vraiment ? comment dormir ? vers deux heures du matin j'ai cru qu'il se levait pour aller faire pipi, j'ai attendu qu'il apparaisse dans le couloir mais il n'a pas bougé de la chambre, c'est sa première nuit dehors après vingt-quatre ans de prison, je lui ai mis sur la table de nuit une photo de Sandrine, tout à l'heure quand il sera debout j'irai à la pharmacie place Debucourt, il faudra faire des courses, j'achèterai du chocolat en poudre pour la petite, il m'avait écrit que ça serait impossible pour lui de sortir dans les rues, de croiser les gens, les regards, d'avoir tout cet espace autour de lui, je serrerai fort son bras, ici personne ne le connaît et on nous fichera la paix, de toute façon, Jean a purgé sa peine, vingt-quatre ans, c'est une vie, il a payé sa dette, sa femme n'a jamais voulu le revoir, ni sa fille, au procès, sa femme a dit que son mari n'était plus un homme et qu'il fallait le tuer comme une bête, il n'a plus que moi, j'ai déménagé pour m'installer ici à Cormeilles il y a cinq ans, dans cette maison de brique avec son jardin clos, c'est près de Caen, c'était plus pratique, l'argent des assurances et l'argent de l'État me suffit pour manger, j'élève aussi des oiseaux que je vends aux animaleries des grandes surfaces spécialisées dans le matériel de jardin et les plantes, mes plus petits oiseaux sont légers comme une seule plume, pour la plupart ce sont des oiseaux exotiques, les gens aiment ça, les oiseaux qui viennent d'ailleurs, ils ne savent pas qu'ils viennent de mes cages empilées dans le garage, on me passe les commandes par téléphone et je les livre en voiture, je fais le taxi pour oiseaux, Sandrine aimait beaucoup les oiseaux, c'est Jean qui a dit ça pendant son procès, il a dit qu'il la regardait quand elle regardait les oiseaux, le président lui a demandé si elle regardait souvent les oiseaux et Jean a répondu que oui, souvent, moi je faisais oui de la tête parce que c'était vrai, ma petite fille était tout le temps dehors, Jean a baissé les yeux et on voyait ses paupières rouges, ses lèvres trembler, le président lui a demandé de parler fort quand il s'adresse à la cour, il bredouillait qu'il n'avait rien fait, il dort à côté, dans le grand lit, ce matin, je lui préparerai le café, je grillerai du pain, ça fait l'odeur des maisons où les choses sont normales, Sandrine se tiendra à côté de Jean pour le regarder manger, pleine d'envie comme un animal sous la table, comme un chien qui a faim, les enfants morts suivent ceux qui les ont tués, ils posent la main sur leur main, ils réclament la vie, ils tournent en rond, ils grattent à la porte, ils pleurent, quand ils ont autopsié ma petite fille, je n'ai pas pu sortir de la maison, je me suis cachée dans le placard sous l'escalier, je voyais des blouses tourner autour de ma gosse étendue sur la table de la morgue et j'entendais le bruit des outils qui lui faisaient du mal, j'aurais voulu que Simon me serre dans ses bras, les résultats de l'autopsie ont dit que ma petite était morte étranglée après avoir été violée, on le savait déjà, alors à quoi ça sert ? l'avocat m'a dit que c'est comme ça qu'on fait, pour connaître l'heure de la mort et le mode opératoire, je trouve que ce sont des métiers sales, quand j'allais le voir, je roulais ma poussette pour me déshabituer de ma gosse et l'avocat disait qu'il fallait arrêter ça, le maire aussi, il me demandait si je tenais le coup, il me parlait comme on parle à un homme, vous savez l'enquête avance, des mots comme dans les feuilletons de la télé, on disait de moi, « elle est drôle », d'autres disaient aussi, « avec moi y'aurait pas de jugement, c'est directement une balle dans la tête », tous se demandaient, « comment elle va faire pour vivre cette femme maintenant ? » je regardais les gros nuages de printemps à travers la serre et j'aurais bien aimé que la vie recommence comme avant, le maire a fait venir les cousins de Reims, des gens d'une soixantaine d'années tout le temps en mouvement, elle, elle m'a fait du ménage, je la regardais laver partout par terre et faire aussi les carreaux, et le sang ! je lui criais, vous avez lavé le sang, tout le sang ? lui, il s'occupait du dehors, on met ça où ? c'est quoi ce truc comme outil ? ils m'ennuyaient, ils osaient pas parler de ma petite Sandrine ni de Simon, ils me regardaient comme on regarde une malade, ils chuchotaient dans mon dos, Jeanne-Marie me serrait l'avant-bras et le secouait en disant de sa petite voix aiguë, il faut vous reprendre ma fille, c'est dur, je sais, mais pour eux, battez-vous ! je demandais pour qui il fallait se battre ? oui ! il faut que vous soyez courageuse, Chantal, pour eux ! pour vous ! pour nous ! des mots, le dimanche midi, Joseph insistait pour faire de la bonne cuisine, j'ai demandé qu'on me laisse tranquille, ils sont partis, ils ont dit au maire qu'il fallait me mettre à l'hôpital et le maire est venu m'en parler, un placement court avec quelques soins dans une institution spécialisée, pour mon bien, spécialisée dans les folles, j'ai demandé ? il n'a rien répondu, il s'est tourné vers Noémie, Noémie c'est la poupée que je préfère, je l'avais installée dans la poussette, je l'ai toujours eue, même avant Sandrine, c'est ma poupée depuis que je suis petite, il l'a regardée pendant longtemps, dans le silence, ensuite il a reconnu qu'il la trouvait bien jolie, j'ai revu les cousins le jour de l'enterrement, ils ont voulu me dire des choses en privé mais j'ai suivi le cercueil de mon mari en lui parlant, et comme ça on m'a fichu une paix royale, si on m'avait demandé avant de naître ce que j'aurais voulu être, j'aurais dit un arbre, un pommier qui vit sous le soleil et sous la pluie,

Ce serait mieux,
Un monde plus petit,

Avec une montagne,
Un nuage,
Une campagne et une mer,
Un monde où on voit tout
En une seule fois,

peut-être qu'on aurait pas dû donner à la gosse la chambre au-dessus du garage, parce que depuis la fenêtre de cette chambre on voit la chambre de Monsieur Jean, sans le savoir on offrait la petite à ses regards, l'été, il s'allongeait tout nu sur son lit à la regarder, l'avocat m'a dit de ne pas me sentir coupable, si cet homme voulait surveiller ma fille, rien ni personne ne pouvait l'en empêcher, l'avocat dira plus tard que la femme et la fille de Jean sont toujours à Hauterive, aujourd'hui, sa femme Odile doit avoir mon âge, sa fille Nadège, qui était un peu plus grande que la nôtre, doit avoir dans les trente-quatre ans, peut-être qu'elle a une petite fille ? la dernière fois que je les ai vues, c'était au procès, la salle du tribunal était noire de monde, remplie de gens inconnus, celui que je connaissais le mieux, au fond, c'était Monsieur Jean, les gens nous dévisageaient, je ne comprenais pas pourquoi on avait fait venir autant de monde alors qu'on aurait pu décider de la mort de Jean dans le bureau de la juge, toute cette excitation me faisait tourner la tête, chez nous, c'est vrai, on parlait pas beaucoup, on se plaisait bien dans le silence des serres, on se taisait pour ne pas embêter les fleurs, ne pas réveiller toutes celles qui dorment, c'est ce qu'on pensait, on aimait la pluie sur le verre, l'eau sur la terre quand elle boit, ce bruit des lèvres, on se régalait d'écouter les grandes feuilles qui craquent au printemps, au milieu des fleurs, on avait pas peur, on ne risquait rien, l'avocat s'est penché sur moi et il m'a dit à l'oreille, je vous en supplie, Chantal, arrêtez de sourire, moi je souriais mais c'était parce que j'imaginais ma petite courir vers moi pour me sauter au cou tandis que les gens applaudissaient, l'avocat m'a pris le poignet, il l'a serré très fort exprès pour me faire mal, il a continué à murmurer dans mon oreille, vous savez où nous sommes ? est-ce que vous vous rendez compte de la gravité de ce qui se passe ? bien sûr que je m'en rendais compte et je me suis mise à pleurer, il m'a tendu un mouchoir, après m'être essuyé les yeux, j'ai vu entrer la femme de Jean accompagnée de sa petite fille Nadège, Odile portait une robe noire sous un manteau noir, la petite tremblait comme une feuille, à un moment, la petite Nadège s'est laissée tomber par terre, elle a fait un début de crise de nerfs, elles sont ressorties, Odile criait dans le couloir, tuez-le ! tuez-le ! tuez le monstre ! tellement elle avait honte de son mari, alors tout le monde s'est levé, les gens de la cour sont apparus, ils étaient habillés de rouge et de noir, avec le soleil qui entrait dans la salle on aurait dit une peinture comme on en voit dans les églises, une de ces grandes images qui aident à croire en Dieu, Jean est apparu à son tour, entouré des gendarmes, les menottes aux poignets, le soleil projetait sur les murs l'ombre des fenêtres et ça dessinait des croix, Jean portait un costume bleu nuit, son seul costume, je l'ai reconnu tout de suite à la petite ancre de marine brodée sur sa poche, la minuscule ancre rouge qui lui faisait une Légion d'honneur, c'est le costume qu'il portait pour le baptême de Sandrine, je n'ai pas reconnu la chemise bleu ciel ni le chandail gris qui devaient être neufs, je me suis demandé, qui peut bien vous acheter des habits neufs quand vous avez tué une petite fille ? dans quel magasin ? comment les choisir ? je me suis dit que moi, peut-être, j'aurais pu lui en acheter des habits neufs, pour qu'il soit élégant et que le monde autour de nous soit plus propre et joli, quand Sandrine est morte elle portait sa petite robe jaune et quand on l'a retrouvée dans l'écluse ma petite était couverte de sang et de boue, il faudrait laver par terre à grande eau et gratter la saleté sur les murs, que tout soit propre et brillant et neuf comme lorsqu'il fait si beau l'été à midi, il faudrait que la lumière nous éclabousse, qu'on nous pardonne et que tout cela ne soit plus rien, rentrer chez nous, Sandrine pleine de soleil, les jours de canicule on s'arrosait au milieu du jardin avec le jet d'eau, les gouttes faisaient dans l'air chaud une brume fraîche et des arcs-en-ciel minuscules qui se reflétaient dans les serres, Sandrine sautillait sur place dans l'explosion des lumières et Monsieur Jean écoutait depuis la chambre le bruit sec du jet d'eau contre son dos,

nom, Jean Flers, né le 15 novembre 1940 à Vannes dans le Morbihan, profession, maçon, fils de Gustave

Flers, ouvrier typographe, et de Yolande Flers, née Yolande Giraud, institutrice,
il s'est mis à pleurer, je n'avais jamais vu notre voisin pleurer, on a pas l'habitude, il paraît que les gens pleurent quelquefois dans les cinémas mais je n'en ai jamais vu, sur les quais de gare j'en ai vu pleurer à la fenêtre des wagons, dans le bus qui dessert l'hôpital, des voyageurs presque toujours assis au fond le regard fixe et qui laissent couler leurs larmes, une fois, c'était dans le magasin d'alimentation sur la place de chez nous, la dame découpait des tranches de jambon à la machine et elle pleurait, elle reniflait, nous, on faisait la queue en silence, comme elle avait les mains grasses, elle s'essuyait les yeux avec le poignet de sa blouse, la dame en pleurs ressemblait à une petite fille qui se serait fait gronder par sa mère, le deuxième ou troisième jour du procès elle est venue parler à la barre, elle a dit du mal de Monsieur Jean, qu'il regardait les gamines, qu'il leur parlait et même que des fois il les accompagnait sur le chemin, elle pouvait témoigner de tout ce qui se passait sur la place grâce à la grande vitrine du magasin, Jean a tiré un mouchoir de sa poche et il s'est mouché, il est resté longtemps le visage caché dans le tissu, pour qu'on ne le voie plus et pour ne plus rien voir, quand on pleure on ressemble à autre chose, lui, avec ses grandes mains de maçon et son visage en tissu, il ressemblait à un épouvantail, beaucoup de gens sont venus parler de Jean,

son patron, un gros bonhomme roux, ses collègues de chantier, un monsieur qui tenait un restaurant routier sur la route de Troyes, un psychiatre est venu dire que Jean était malade, je me souviens que je m'ennuyais, le quatrième jour, comme j'ai eu du temps, ça a été plus fort que moi, je suis allée voir les jouets dans les magasins, pour faire comme avant avec la petite, on m'a dit que l'avocat m'avait attendue au palais, fait chercher et qu'il était furieux, ça n'était pas moi la criminelle, je voulais voir les jouets, les poupées, c'est tout, j'ai marché longtemps et je n'ai pas trouvé de magasin de jouets, je me suis assise sous un arrêt de bus, au milieu d'un groupe de gamines qui venaient de quitter l'école, cartable au dos, et qui rentraient sans doute chez elles pour le repas du midi, elles mangeaient des bonbons, sous l'abribus, loin du palais de justice, on était toutes pareilles, j'aurais bien mangé des bonbons avec elles, et puis je serais montée dans le bus, mon cartable sur le dos, je serais rentrée à la maison, maman m'aurait fait la bise et j'aurais mangé en la regardant, tout le temps du procès, on m'avait installée dans un hôtel du centre-ville, l'hôtel des Fontaines, avec une cour pavée, des chambres petites avec une douche et les cabinets sur le palier, du papier à grosses fleurs sur les murs, des rideaux orange, des draps lourds, je laissais la lampe allumée pour dormir, c'est l'adjointe à la mairie qui m'avait installée là, une grande dame avec les cheveux gris et le visage doux, elle me disait sans arrêt, vous allez surmonter l'épreuve vous verrez, et elle ajoutait toujours à la fin de sa phrase, c'est idiot de dire ça mais je le dis quand même !... tellement souvent que dans ma tête je l'avais surnommée « Je-le-dis-quand-même », Madame Jeledisquandmême, elle me faisait penser à l'institutrice qu'on avait au cours élémentaire, on l'appelait Dernier mot, Mademoiselle Derniermot parce qu'elle nous répétait tout le temps je vous préviens, avec moi vous n'aurez pas le dernier mot ! elle était grande mon institutrice, plus grande encore que la dame de la mairie, j'aurais bien aimé la revoir, Mademoiselle Derniermot, retourner dans le fond de sa classe, m'asseoir à ma table et faire semblant d'écouter, Jean s'est levé, il s'est enfermé dans les cabinets, comme il tardait à ressortir je suis allée taper discrètement à la porte et il m'a dit qu'il ne se sentait pas bien, je suis restée là, quelques secondes à monter la garde, quand j'étais dérangée, les vieilles de Poinchy m'obligeaient à laisser la porte des cabinets ouverte pour le cas où je serais prise d'un malaise, elles me regardaient toutes les deux serrées, leurs yeux humides derrière leurs lunettes, curieuses, anxieuses, immobiles, Jean ne bougeait pas, il ne vomissait pas, je n'entendais aucun bruit, je me suis demandé s'il ne s'était pas enfermé dans ce réduit par peur de ma grande maison et de sa nuit, pour reprendre son souffle après un mauvais rêve, le vertige de ne plus être en prison, je l'ai bien vu quand on roulait en voiture sur cette route au milieu des champs labourés, tout cet espace libre autour de nous, il étouffait, je lui ai glissé la lettre sous la porte, demandé s'il se souvenait de ce que je lui avais écrit, il n'a rien répondu, par la porte de la chambre ouverte j'ai vu qu'il avait touché le portrait de ma Sandrine, il ne l'avait pas couché sur sa face ni tourné vers le mur, il l'avait seulement déplacé, pris dans ses mains sans doute pour le regarder et puis il l'avait reposé à quelques centimètres de son ancienne place, sur la table de nuit, le visage de ma petite dans la nuit, je me suis éloignée quand je l'ai entendu vomir, la machine à laver tournait dans la cuisine, répandait partout son odeur chaude de lessive, trois heures au réveil de la cuisine, le hamster s'est retourné dans sa boîte, ses yeux noirs sont sortis de la paille, deux billes, un temps pour la surprise, ils ont replongé dedans, il a couru en rond sur son carton, ça a gratté un moment sous l'évier, il faudrait dormir, je sais, reprendre des forces, nous aurions dorénavant tout notre temps pour parler, il faudra lui acheter des habits, lui teindre les cheveux, ça le rajeunirait, la pluie s'était arrêtée, je suis descendue au garage voir les oiseaux, des dizaines de vieilles cages empilées les unes sur les autres et solidaires du mur en béton grâce à des fils de fer entortillés à des pitons, il ne faut pas allumer la grande lumière quand les oiseaux dorment parce que ça les tue, au début, j'en ai perdu plein comme ça qui s'envolaient complètement affolés, se cognaient aux barres pour retomber net terrassés par une crise cardiaque, il faut les prendre doucement dans le faisceau d'une lampe de poche, alors les oiseaux apparaissent dans leur sommeil, des centaines de points colorés serrés les uns contre les autres sur la barre, parfois leurs paupières tremblent, peut-être qu'ils rêvent, tous les soirs je descends les voir, des fois j'y retourne tard dans la nuit, je fais ma ronde, j'ai peur des chats qui peuvent se faufiler dans le garage et encore plus des rats attirés par l'odeur sucrée des plumes, tous les matins au petit déjeuner Sandrine nous racontait ses rêves, et puis c'était au tour de Simon de nous raconter sa nuit, moi je racontais les petits bouts dont je me souvenais, on commençait nos journées avec ces graines-là, les rêves, depuis que ma Sandrine est morte je rêve de ses cheveux dans l'eau, j'aimerais connaître la maman de Jean qui est institutrice, elle a fait naître un enfant qui tue les autres enfants, je sais qu'elle vit à Nantes, une vieille dame de quatre-vingt-dix ans, oh madame, s'il vous plaît, je suis gentille, caressez mes cheveux, caressez, j'ai chantonné, les pas au-dessus de ma tête m'ont fait remonter, Jean se tenait debout devant la table de la salle à manger, en slip et en maillot de corps, pieds nus sur le carrelage froid, ma lettre dans la main, désorienté, il m'a suivi des yeux, en silence, j'ai eu la sensation qu'il me regardait comme il regardait ma petite fille quand elle jouait dans la cour, je lui ait redit que c'était bien qu'il soit ici avec moi mais il n'a pas eu l'air de me comprendre, peut-être qu'il ne m'avait pas entendue, j'avais parlé pour moi, il est resté muet, j'ai regardé ses épaules, ses bras longs, maigres, son ventre, il faudrait qu'il se remplume, soixante et un ans, normalement les hommes de soixante et un ans ont des gros ventres, Simon aurait eu cinquante et un ans, dix ans de moins, Sandrine n'aurait pas vieilli, j'ai pris la lettre qu'il serrait toujours dans sa main droite et je l'ai posée sur le tas des autres lettres, c'est à ce moment-là que je me suis rendu compte qu'il n'avait pas fumé de la soirée, qu'il ne fumait pas, je lui ai proposé une tasse de verveine ou du tilleul, il a dit oui pour le tilleul et j'en ai jeté une poignée dans l'eau bouillante, l'odeur de la nuit chez les vieilles dames de Poinchy, il est allé s'asseoir sur un tabouret dans un coin de la cuisine, les mains sur les genoux, à fixer les bouillons de l'eau, quand ils se préparent des cafés, les prisonniers s'installent devant le réchaud et fixent l'eau qui frissonne, une grosse veine bleutée lui descendait le long de la cuisse, sous sa peau blanche, on la suivait qui se tortillait en se gonflant derrière son mollet droit, ses ongles des pieds qui n'avaient pas été coupés depuis longtemps se recourbaient à leur extrémité, je suis allée lui chercher une robe de chambre à moi, et puis j'ai attrapé la paire de petits ciseaux, je me suis agenouillée devant lui, Jean n'a rien dit, il n'a pas bougé, quand j'ai frôlé sa jambe j'ai senti qu'il tremblait, de plus en plus fort à mesure que je coupais ses ongles, j'aurais bien aimé m'occuper des pieds des gens, ou même rien que vendre des chaussures, vendeuse chez André, toutes les petites filles aiment ça, j'aurais fait une bonne vendeuse, j'aime parler, toucher les gens, leur frictionner la peau du crâne avec des produits qui sentent bon, faire des teintures, les toucher, c'est comme une promesse qu'on les reverra bientôt, quand Mademoiselle Derniermot nous caressait les cheveux pendant la classe, ça voulait dire que même en dehors de l'école, elle nous aurait aimées, je me souviens du premier parloir à la prison de Caen, le visage de Jean loin derrière la vitre, intouchable lui, j'avais du mal à croire que c'était l'assassin de ma petite fille, avec son regard vide et sa figure sans expression, après un long silence il m'a dit d'une voix étouffée, je vous en supplie, pardonnez-moi, c'est quelqu'un d'autre qui a fait ça, c'est pas moi, il a baissé les yeux pour murmurer une sorte de prière, puis il a relevé la tête, croisé mes yeux et répété simplement qu'il fallait le pardonner, qu'il voulait mourir, il était rasé, coiffé, vieilli, amaigri, il respirait lentement comme quelqu'un qui a pris des cachets, je lui avais déjà écrit une dizaine de lettres en prison mais il n'avait jamais répondu, j'y avais glissé des photos de Sandrine, des cœurs découpés dans du papier doré, il y avait même une photo de nous prise devant la serre l'été, on était assis au soleil avec de grands chapeaux de paille, Simon, Sandrine et moi, c'est sa femme, Odile, qui était descendue de chez eux pour appuyer sur le bouton, on pouvait lire, écrit derrière de la main de Simon, photo Odile le 11 juillet 1975, Jean ne m'écrira que le surlendemain de cette première visite à la centrale de Caen, une enveloppe avec marqué derrière en grosses lettres le mot PARDON, il s'était mis à pleurer sans faire de bruit, il m'a souri gentiment derrière la vitre et il a fait une bulle avec son nez, rien ne ressemblait à ce qu'on pouvait croire, et d'ailleurs que croit-on vraiment ? que s'imagine-t-on ? il avait tué ma petite fille et devant moi, là, dans le parloir de la prison, il pleurait en faisant des bulles de morve avec son nez, j'ai eu envie de le toucher pour être sûre qu'il était là, devant moi, que c'était une vraie personne et pas je ne sais quoi d'autre, un rêve, l'avocat m'a dit s'être battu pour obtenir le droit de visite mais que ça le choquait profondément, qu'il fallait vite revenir sur terre et reconstruire ma vie, la juge m'a dit qu'elle avait une fille de mon âge qui était archéologue et qui cherchait à savoir comment les gens vivaient avant, elle m'a offert un livre que je n'ai pas lu, plus tard, pour la remercier, je lui ai offert une plante d'intérieur qui donne des fleurs de plusieurs couleurs, la juge m'a dit qu'elle était jolie, aussi jolie que moi, j'aurais bien aimé qu'elle m'invite voir comment c'était chez elle, elle m'a fait signer des papiers au motif que Jean avait accepté de me voir, lui aussi revenait sur la terre, de l'autre côté de la vitre, une vitre épaisse, je pouvais y voir mon reflet dedans, mon visage dans le visage de Jean, je me suis vue grandir dans le reflet de cette vitre et dans les vitres des trains, ma coiffure changer, ma bouche s'épaissir, pourtant, mes joues sont toujours restées celles d'une petite fille et mes yeux pareillement étonnés, j'ai des mains de poupée, je leur couds des habits, j'ai quarante-sept ans, en 1982, j'en avais vingt-huit, cet homme qui pleurait devant moi avait quarante-deux ans, l'homme de ma vie en quelque sorte, celui qui avait façonné toute ma vie en tuant tout autour de moi, jamais je n'avais été plus proche de ma petite fille morte, la nuit sentait le tilleul, maintenant on était bien, Jean s'est recouché, j'ai mis les petits bouts d'ongle dans mon porte-monnaie, rangé les lettres dans le tiroir du buffet, on les lirait demain, ou après-demain, ou après-après-demain, sous l'effet des cachets Jean s'était rendormi, je l'ai surpris bouche grande ouverte dans le faisceau de la lampe de poche, je me suis approchée, j'ai regardé le fond de sa gorge, c'était rouge, il a bredouillé des choses dans son sommeil et puis il s'est retourné d'un coup d'épaule vers la table de nuit, il devait se croire en prison, j'ai posé la lampe et je suis montée m'allonger dans la petite chambre du grenier, j'ai gardé mes habits, la pluie recommençait à couler sur les tuiles, j'aurais aimé qu'il neige, un mètre de neige silencieuse, j'ai mis l'oreiller sur mon visage, c'est de la neige, en quelque sorte, son épaisseur a éloigné de moi les bruits de l'eau, ils m'arrivaient étouffés depuis la cour pavée de l'hôtel des Fontaines, j'y retourne souvent, la nuit, ou bien je rentre dormir chez les vieilles dames de Poinchy quand je ne vais pas coucher à Hauterive, contre Simon, avec la petite qui dort dans sa chambre au-dessus, la nuit je vais toute seule, je passe par le sommeil qui est partout dans les maisons, je suis une fée, mais vous ne connaissez donc pas le dégoût ? m'avait dit l'avocat, hibou, chou, genou, caillou, dégoût, j'ai chantonné, il avait quelques cheveux blancs, les mains toujours bouillantes, il m'aimait bien, je crois, il disait souvent qu'il avait peur pour moi, et puis des fois il se mettait à crier, maître Framboise, son nom, comme le fruit, un jour qu'il travaillait mon dossier avec un assistant je m'étais endormie sur le gros canapé en cuir de son bureau, il m'avait réveillée avec une tasse de chocolat chaud, je lui ai raconté comment les grand-mères de Poinchy préparaient le café en y ajoutant de la chicorée, je crois que ça l'intéressait, ces petits détails, il faisait, oui oui oui, tout en plissant son front, pour dire oui, trois oui collés les uns aux autres, la chicorée donne un goût amer au café... oui oui oui... j'aimais bien dire comment les deux vieilles dames de Poinchy passaient des heures à me coiffer, à jouer avec mes cheveux qu'elles bouclaient, à me faire des anglaises, comment aussi j'aimais m'endormir en fixant le grand mouchoir brodé qu'elles étalaient sur l'abat-jour pour adoucir la lumière de ma chambre, comment, quatre fois de suite chaque soir, je faisais ma prière pour demander à Dieu que mes parents soient encore vivants, c'est pour ça que je m'étais endormie dans son bureau, en fixant la lampe murale et engourdie dans le ronron des voix je réclamais à Dieu la vie de ma petite, l'avocat et son assistant parlaient de ma gosse et de Monsieur Jean, je pouvais croire qu'ils étaient en bas dans le jardin, à cueillir les fleurs, des pivoines, souvent ce sont des pivoines que je revois, je me souviens de ces fleurs rouges, grosses, lourdes, des fleurs aux pétales épais qui dorment en haut de leur tige, rien ne les réveille jamais, des fleurs sourdes, Sandrine dort, sourde, pivoine, les photos de ma gosse morte traînent sur les bureaux, la bouche pleine de vase, vous ne connaissez donc pas le dégoût ? vous voulez lui écrire ? lui parler ? c'est notre voisin, j'ai dit, c'est Monsieur Jean, pourquoi ? l'avocat criait sur moi ! je répétai, il a tué ma petite, je n'ai plus que lui, il essuyait mes yeux quand je pleurais, je me balançais, son mouchoir sentait les bonbons pour la gorge, les petits bonbons d'automne, demain, j'en achèterai pour Jean, une boîte qu'il mettra dans sa poche et une autre boîte qu'on laissera dans la voiture, dorénavant il faut penser à des choses comme ça, du pain pour deux, de la confiture, du lait, comme tous les autres gens, j'aimerais m'acheter une jolie robe avec des dessins de couleur et des chaussures neuves, je porte les mêmes vieilles chaussures depuis trop longtemps, il faudrait un cartable pour la gosse, une veste d'hiver bien chaude pour Jean, les gendarmes avaient trouvé des cheveux d'enfant sur sa canadienne, je me souviens qu'il la mettait toujours les jours de pluie, il ne l'a plus, ce serait bien de trouver la même, c'est la canadienne du jour de la mort et demain, si nous sortons, il faudrait que j'arrive à lui prendre le bras, traverser la place des Cordeliers, mon bras noué à son bras, descendre la rue des Remparts jusqu'aux petits commerces, Simon me prenait par la main, on mélangeait nos doigts, il jouait à compter les doigts de ma main en y laissant les siens, j'avais dix doigts à la main droite dix doigts à la main gauche, avec Simon j'avais vingt doigts, il aimait goûter le bout de ma langue, une petite pointe de glace à la framboise, il disait, avec Simon j'avais la langue en sucre, avec Simon j'avais Sandrine, un œuf dans mon ventre, je regardais mon ventre dans la glace, avec une petite lampe que je tenais dans mon dos pour essayer de voir mon bébé à travers moi, sa petite ombre, j'écartais mes cuisses et je surveillais le trou pour surprendre quelque chose qui soit vivant, je glissais mes doigts à l'intérieur de moi pour caresser ma gosse, une nuit j'enfonçai la moitié de ma main et d'un coup ça m'a fait saigner dans les draps du lit, j'ai eu peur, j'ai crié, aussitôt j'ai couru me laver sans réveiller les vieilles dames de Poinchy, le matin j'ai fait une boule des draps que je suis allée jeter dans la rivière, j'ai prié pour me faire pardonner, aujourd'hui encore je prie pour me faire pardonner tout ça, Notre Père qui êtes aux cieux, mon Dieu, mon Dieu, mon Dieu, ma prière ne finit pas, je ne dors pas, je cours, je cours dans ma tête, je traverse les villages, je suis le cadavre de ma petite fille, pour Noël je veux un landau, je veux ma mère, je veux un cerf-volant, du gâteau, qu'on m'embrasse, qu'on me coiffe, je veux une robe de

Cendrillon, Sandrine aimait se déguiser, je suis comme elle, je veux ses lèvres et ses yeux, je veux ses joues, mettre ses mains, les gendarmes avaient trouvé du sang sur la manche droite de la canadienne, nous marcherons dans les rues et je prendrai le bras droit de Jean, je poserai mon bras là où ma petite a laissé de son sang, de l'autre côté de la tache, ma petite est là qui joue dans le soleil dans l'eau, souriante, pendant le procès, Jean balbutiait, c'est pas moi, je vous jure que c'est pas moi, le sang ! criait l'avocat ! le sang sur votre manche ! je me suis blessé, monsieur le président, non ! les experts affirment qu'il s'agit du sang de la petite Sandrine, criait l'avocat, son doigt tendu vers Jean, sur votre manche droite deux taches de sang de la taille d'une pièce de un centime ! Jean continuait à balbutier, non, c'est mon sang à moi, taisez-vous ! vous savez bien qu'il s'agit du sang de la petite ! un pigeon s'était mis à battre des ailes contre une fenêtre de la salle d'audience comme s'il voulait entrer, l'avocat s'était tu pendant quelques secondes, la main levée, Jean avait tourné sa tête en direction de l'oiseau, il avait souri, et puis il m'avait regardée, l'air de dire, c'est un pigeon blanc comme j'en avais avant, c'était vrai, l'avocat savait qu'on avait loué à Jean un petit bout du terrain pour qu'il y installe sa volière et que Sandrine aimait l'aider à nettoyer les boîtes et nourrir les oiseaux, des pigeons frisés blancs qu'on présente aux concours, parfaitement blancs comme les anges, et puis le drôle de pigeon a disparu, il est reparti dans le ciel bleu en laissant une trace mouillée sur le carreau, un temps, le pigeon blanc nous avait amusés, j'aurais aimé marcher dans la rue et m'acheter une gaufre au sucre ou bien une glace, ou les deux, lancer des miettes de gâteau au pigeon blanc, mais aussitôt l'avocat s'est mis à décrire cette volière et j'ai vu dans le regard de Jean une étincelle, il a dit que c'était un peu son « jardin secret », secret comment ? lui avait demandé l'avocat, je ne sais pas, avait soupiré Jean, il avait la voix blanche, sa femme Odile avait tué tous ses pigeons, elle en avait rempli deux grands sacs-poubelles qu'elle avait fait brûler dans le fond du jardin, sans parler, je me souviens que Nadège regardait sa mère remuer le brasier des oiseaux en pleurant, j'aimerais bien revoir la petite Nadège, ni elle ni Odile ne sont venues attendre Jean à la porte de la prison, vingt-quatre ans plus tard, elles ont toujours du dégoût, je me suis amusée à compter, ça fait 8 760 jours, 8 760 jours de dégoût pour Jean, à moins qu'elles n'y pensent plus, qu'elles aient refait leur vie, qu'elles aient oublié, c'était avant, il y a longtemps, dans une autre vie, j'imagine Nadège maman d'une magnifique petite fille, une Sandrine, je vois la maison, les serres toujours debout et la cour, la petite qui rit, Jean et moi, on s'habillera beau, on achètera des fleurs et des gâteaux et on ira les voir à Hauterive, un dimanche, je mettrai ma nouvelle robe avec les dessins de couleur et Jean mettra sa veste neuve, sa canadienne, on sera assis tous les six, on nous verra rire, derrière une photo, plus tard, on lira, écrit de la main même de Jean, photo Odile et la date de ce jour-là, je vois des choses comme ça, précises, Jean dort, je sais que sa femme et sa fille ne dorment pas, elles pensent à Jean qui est sorti de la prison, qui boit une bière dans un café, qui marche dehors, peut-être qu'elles écoutent les bruits, la pluie ça donne des frissons, il doit pleuvoir à Hauterive puisqu'ils ont dit à la radio qu'il pleuvrait partout, Odile et Nadège doivent écouter la pluie, elles se demandent où Jean va passer sa première nuit, l'assassin de ma petite fille ne dormira pas dehors, il est chez moi, tout près, si près qu'il pourrait facilement poser la main sur moi, ma petite est sous sa peau, dans sa sueur, sous ses poils, demain tôt j'irai chercher le pain, il fera encore nuit, la boulangerie ouvre à six heures et souvent l'hiver c'est la seule lumière dans la grande rue, je prendrai une baguette et des croissants et je dirai à la boulangère que j'ai quelqu'un à la maison, elle me sourira de son joli sourire, elle est jeune, son visage est rond et ses petits yeux joyeux, sa boulangerie sent bon et ses cheveux doivent garder l'odeur chaude du pain, j'aurais bien aimé être boulangère et vivre avec le parfum des gâteaux sur moi, je lui raconterai que ce visiteur est un homme que je connaissais avant d'habiter Cormeilles, elle me dira que c'est bien d'avoir de la visite, je raconterai à Jean comment j'ai parlé de lui à la boulangerie et qu'il fait déjà partie du quartier, je parlerai de lui partout, les gens dans la rue poseront les yeux sur lui, ils le salueront, ma petite prise dans sa peau leur fera des bonjours, je l'amènerai au soleil, je l'amènerai à la mer, je pousserai ma gamine dans les vagues, on nagera, loin, et on reviendra pas, Simon nageait bien, moi, j'avais tout le temps froid, la peau bleue, à grelotter sur le bord, mince comme j'étais, j'ai moins froid aujourd'hui, sans doute parce que j'ai grandi, tout le temps que j'étais enceinte je me glissais des couches de coton sous la combinaison pour réchauffer mon bébé dans mon ventre, la nuit, parfois, je posais une assiette sur mon ventre et j'y faisais brûler des petits bouts de papier, je sentais la vie ronronner dans le fond de moi tellement elle était bien, comme un petit chat endormi dans un creux chaud de mon corps, j'aurais dû la garder là et jamais la faire sortir, jamais pousser, la femme de l'hôpital me criait dessus, poussez ! poussez ! poussez ! vous avez été assez grande pour le faire rentrer, maintenant il faut le faire sortir ! poussez ! j'ai poussé comme aux cabinets, des heures durant j'ai crié mais mon bébé ne voulait pas sortir, je l'ai entendu crier dans mon ventre quand ils ont commencé à le faire sortir par force en dehors de moi, ma petite fille était gluante, violette, tellement petite, on l'a posée un moment sur mon ventre et puis on me l'a prise tout de suite, je suis restée toute seule, mes jambes écartées, j'ai eu froid, je n'avais plus mon bébé dedans, j'étais vide, et je sais que c'est mon bébé dans l'intérieur de mon corps qui me tenait chaud, c'est elle qui les faisait, les petits feux de papier, depuis, sans les feux de ma petite, j'y ai comme de la glace, ce matin, j'ai été réveillée par les gendarmes qui venaient chercher Jean pour lui faire signer des papiers, je lui ai sorti ses habits encore un peu humides de la machine à laver, il n'avait que ça à se mettre, il a rapidement enfilé son pantalon, j'ai trouvé qu'il était calme et qu'il n'avait pas l'air surpris, mais c'est vrai que tout ça on le savait, les pointages à la gendarmerie, la visite chez le patron qui voulait bien de lui, le plus gradé portait à la main un petit cartable en cuir, l'autre gendarme, le plus petit, le plus jeune, ne me lâchait pas des yeux, quand je suis revenue près de lui il m'a demandé assez sèchement, vous êtes bien Madame Chantal Breitman ? j'ai répondu oui, Chantal Breitman, après un moment à me fixer il a continué, vous êtes bien de la famille de la victime ? j'ai dit oui, c'est moi sa maman, alors le gradé a fait signe à son jeune collègue de se taire, j'ai voulu leur faire du café mais ils ont refusé, Jean a passé son blouson tout fin et ils l'ont emmené, je l'ai vu monter dans leur voiture, Jean ne m'a rien dit en quittant la maison, il n'a rien dit à personne, et c'est le gradé qui avant de monter à l'avant de la voiture s'est retourné pour me dire, on vous le ramène plus tard, il a eu un regard comme si il était mon père, un regard pour me rassurer, un troisième gendarme s'est assis à côté de Jean à l'arrière tandis que le plus jeune prenait le volant, celui-là, il m'a jeté un regard de haine et puis la voiture est partie, bientôt, elle a tourné au bout de la rue, Jean a disparu, je me suis dit que j'aurais dû lui prêter un pull à moi, insister pour le café, j'ai été bête, ils m'ont fait peur à venir si tôt, je dormais quand ça a sonné, je rêvais, je n'ai même pas eu le temps de me débarbouiller ni de me coiffer, j'ai ouvert, il a fallu réveiller Jean, j'ai mis mon chandail, Jean ne s'est pas lavé, il était hirsute, il est sorti comme ça dans le froid, le matin sent le brouillard et le feu de bois, les thuyas sur la rue ont pris une teinte bleutée, Jean ne m'a pas regardée, il n'a pas tourné la tête, je suis vite rerentrée, j'étais gelée, on vous le ramènera plus tard, mais plus tard, c'est quand ? j'étais seule, toutes les maisons ici ont leur bout de jardin, avec un cerisier, un pommier, une touffe de bambous, j'ai même vu des parcelles pas bien grandes qui portaient des serres en plastique, toutes les maisons sont pareilles, en brique rouge, c'est les jardins qui font la différence, le quartier s'appelle les « Champs plaisants », à la tombée de la nuit on se croirait à la campagne, avec les lumières jaunes dans les cuisines et les chiens qui aboient dehors, j'ai fait la vaisselle de la veille, rangé l'assiette de Jean sous mon assiette, son verre à côté de mon verre, je suis allée dans la chambre faire le lit, les draps sentaient la sueur, le vinaigre, sa tête avait creusé l'oreiller, j'y ai trouvé des cheveux, je me suis allongée, raide, sur le bord du lit, en prenant soin de ne pas dépasser sur la place de Jean, j'ai fait tourner les cheveux gris devant mes yeux, on en avait trouvé sous les ongles de ma petite, sans doute plus noirs que ceux-là, on avait trouvé sous les ongles de Jean des bouts de peau de la petite, c'est toujours sous les ongles qu'on trouve des bouts des morts, à gratter sous les ongles de tous les tueurs de gosses on reconstruirait un enfant, un petit gosse fait de tous les autres gosses morts, avec les parents autour qui viennent pleurer sur le morceau d'enfant qui est à eux, j'aimais bien les histoires d'ogres, les vieilles de Poinchy m'en racontaient quand il pleuvait, elles s'installaient toutes les deux face à moi, dans leur fauteuil de velours rouge, et puis elles me racontaient des malheurs, le Petit Poucet qu'on abandonne, l'ogre qui tue ses sept petites filles, Barbe Bleue qui tue ses femmes, le Petit Chaperon rouge, le loup, du sang, du sang, du sang ! elles me lisaient *Le Petit Prince*, je l'aimais bien le Petit Prince mais lui aussi meurt à la fin, mordu par un serpent, quel mois c'était ? le mois d'avril, ou le mois de mai, le début du printemps, les narcisses sortaient de terre, j'en ai planté ici derrière la maison, en bordure des allées, des narcisses à longue couronne qui nous diront le printemps, j'ai planté aussi des pivoines, des liliums, des rosiers anciens, quand je suis arrivée ici, il y a cinq ans, j'ai planté des bouleaux, ça pousse vite, on croirait qu'ils ont toujours été là, c'est ce qu'on dit de tous les grands arbres, qu'ils ont toujours été là, les arbres voient passer les gens, les arbres de Hauterive n'ont pas vu passer Sandrine, petite souris qui se faufilait entre leurs racines, j'ai toujours planté des arbres partout où je me trouvais, toujours un groupe de trois arbres pour nous représenter nous trois, à Pithiviers, Senonches, Argentan et aujourd'hui aux Champs plaisants de Cormeilles, trois arbres pour nous trois dans chaque petit jardin, avec des fleurs autour, le petit paradis, plus les fleurs sont jolies et plus le soleil les regarde, disait Simon, le soleil nous regarde, il voit Sandrine qui joue sur l'herbe, il voit Jean avec les gendarmes et il me voit, le soleil voit tout, il a vu ma gosse dans l'eau, il a fait des reflets sur elle, il a dessiné son ombre sur le fond, le soleil nous fait pousser, il nous enfonce, ça a tourné dans ma tête à cause de ces cheveux gris que je faisais tourner devant mes yeux, j'ai tiré les rideaux, ouvert la fenêtre pour aérer, les rayons de soleil du matin sont venus frapper la blancheur du drap, la chambre donne sur la petite allée de gravier qui contourne la maison et mène à la porte de derrière, j'y ai planté des glaïeuls de variété hâtive qui fleuriront début juillet, pour mon anniversaire, fin juin, le 26, j'aurai quarante-huit ans, *nom, Chantal Breitman, nom de jeune fille, Chantal Monot, née le 26 juin 1954 à Auxerre dans l'Yonne, profession, horticultrice, fille de Séraphin Monot et d'Yvette Monot, née Sanderens, tous les deux cultivateurs,* c'est ce qu'ils auraient dit au procès si j'avais tué ma petite, peut-être qu'on aurait pas dû donner à la gosse la chambre au-dessus du garage, parce que depuis la fenêtre de cette chambre on voyait la chambre de Monsieur Jean, on aurait dû la mettre en bas dans notre chambre, mais on a préféré installer le petite à l'étage, dans la chambre qui avait du soleil, le soleil qui voit tout, la chambre où dort Jean c'est la chambre au soleil qui voit tout, c'est la chambre de ma petite, les rayons du matin font briller sa photo, éclairent ses yeux, j'ai mis les cheveux de Jean dans une petite boîte à hosties que j'ai rangée dans un tiroir de la cuisine près des couteaux, je vais me débarbouiller, me maquiller, mettre du rouge couleur cerise à mes lèvres, de la poudre à mes joues et tracer deux traits au crayon gras pour rehausser mes sourcils, ça me donne un air étonné, une figure de poupée, j'ai la peau douce, je suis jolie, Simon murmurait que j'étais de la fleur mélangée à de la fleur, rien que de la fleur, cent pour cent fleur, il m'embrassait la bouche, le cou, le ventre, il riait, je vais mettre mon foulard bleu sur mes cheveux noués pour faire comme un petit bouquet de fleurs, prendre le panier, sortir faire les courses, et quand Jean reviendra de la gendarmerie, tout sera prêt, il faut qu'il mange, Sandrine et moi, on lui ouvrira la porte et on prendra sa main, je vais lui faire une tarte, il va redécouvrir l'odeur sucrée de la tarte aux pommes dans une maison, en prison je lui envoyais des paquets de gâteaux, des confitures que je faisais moi-même, des fruits secs et des pots de miel mais ça ne peut pas gagner contre l'odeur des cellules, il m'a dit que ça sentait le fer, le froid et la maladie, l'urine, que c'était difficile de se garder propre en prison, qu'on est sale dans le dedans, tous les mois j'allais le voir, j'ai commencé les visites en 1982, au mois de février, il y a vingt-deux ans, quatre fois le temps qu'aura vécu ma gosse, ce sont quatre vies de ma Sandrine ces vingt-deux ans de visites, quatre naissances et quatre morts, les gardiens renâclaient à me parler, ne me regardaient pas en face, un seul gardien m'a parlé le premier jour, un gradé, pour me dire que j'étais pire que ceux qui étaient enfermés, que j'étais un monstre, non, j'étais jolie, un petit visage, les cheveux courts, je m'étais fait des bouclettes pareilles à celles des anges brodés sur les dentelles des marchés, j'ai honte pour vous, disait le gardien, vous me rendez malade, j'ai visité Jean Flers une fois par mois pendant tout ce temps, j'ai mis des croix sur les calendriers en face des jours, 264 jours, ça fait presque un an, silhouette derrière la vitre, rond du visage, une tache de chair, je lui parlais de la pluie, du beau temps, de l'hiver, du printemps, 264 jours, quelques mots, je ne le quittais pas du regard, je cherchais la petite, derrière la main, contre la joue, cachée, en pleurs, peureuse, je parlais de Noël, je parlais des vacances, de balades à vélo, je souriais, gaie, cœur battant, la faire venir à moi, ma gamine, la serrer dans mes bras, ma petite, et partir, prendre l'autorail du retour, celui qui est lent, et rouler à travers la campagne en la regardant dormir, mais ma gamine restait en lui, dans son ventre, *Un jour*, je me disais ça dans le parloir en regardant la tache du visage de Jean derrière la vitre, ma petite et moi on sera heureuses, on fera pas des choses impossibles, on ira se promener dans les rues des villes et puis en rentrant on se fera des goûters, des bols de chocolat brûlant qui laisseront leur odeur dans nos cheveux mouillés de pluie, c'est tout, j'avais envie d'être heureuse, le gardien-chef n'avait rien qu'une envie de vomir en me regardant trottiner vers Jean Flers dans les couloirs de la prison, pourtant des fois il me regardait avec de la gentillesse dans les yeux, ou de la pitié, ou de la tristesse, il marchait à mon côté dans les couloirs qui menaient vers Jean, je respirais son odeur de tabac, une odeur de papa, il devait avoir une petite fille chez lui, j'en étais sûre, les enfants se sentent entre eux, et moi j'avais une petite fille que je devais ramener chez moi, j'aurais bien voulu qu'il me montre sa maison, avec peut-être un jardin plein de fleurs et de plantes grimpantes, un petit bassin en ciment et des poissons chinois, un pavillon encore neuf, au milieu des autres pavillons encore neufs des autres gardiens, on se mettrait dehors à table, sous un arbre, avec toute la famille, alors le gardien allumera une cigarette et l'air renverra sur moi son odeur de papa, la femme demandera si je veux rester manger le soir, avec eux, et tout de suite je dirai oui, on mangera dehors, la lumière de la façade fera tourner autour de nos têtes les papillons de nuit, pendant qu'on parlera, la petite fille du gardien s'endormira sur le fauteuil de jardin, le froid tombera sur nos épaules, la maman se lèvera pour chercher un pull qu'elle dépliera doucement sur la gamine engourdie, alors la petite chuchotera, dans son demi-sommeil, j'aime bien quand je dors à côté de vous et que vous parlez, on parlera de choses et d'autres pour bercer la petite de nos voix feutrées, de temps à autre on se tournera vers elle pour la regarder sourire dans son sommeil, nos murmures lanceront des petits ponts entre le jardin et ses rêves, souvent je rêve que Simon me parle, sa voix me dit qu'on aurait pas dû donner la chambre du haut à la petite, parce que depuis la fenêtre du haut, on voyait la chambre de Monsieur Jean, sa voix m'arrive de très haut, elle me recouvre, froide comme de la neige, il me parle et je disparais, je suis sortie de la maison, j'ai pris le trottoir au soleil, il me chauffait le dos et dessinait devant moi une ombre comme si j'avais mesuré deux mètres, j'ai descendu la rue jusqu'à la place en la suivant, je marchais sur ses pieds d'ombre et même en accélérant je n'ai pas réussi à lui monter sur le dos, je posais mon pied droit dans l'ombre du panier, j'étais toute seule dans la rue comme une petite fille de Cormeilles en retard pour l'école, essoufflée, j'entendais les oiseaux dans les jardins et plus loin c'étaient les pompes en marche de la piscine municipale qui renvoyaient une odeur de chlore, partout la mairie replantait des arbres, des jeunes fruitiers au feuillage rouge foncé, ça faisait tous les dix mètres des trous plein de boue, j'ai compté mes pas depuis la grille de la maison jusqu'à la porte de la boulangerie, en pas de fée, ça fait trois pas, à la boulangère au visage rond et au joli sourire j'ai parlé de Monsieur Jean, à la boucherie, au marchand de légumes, à l'épicerie dans la rue des deux cinémas j'ai parlé de Monsieur Jean qui vivait maintenant chez moi, un bon ami j'ai dit, et les clientes qui me connaissaient un petit peu me faisaient des sourires complices, on était trois mais déjà on était serrées dans le couloir étroit de la boutique, sous les murs couverts de cent mille conserves, ça sentait les bananes trop mûres, le vinaigre, le jambon de Paris à trancher, j'ai acheté

des coquillettes,
de la sauce tomate,
du jus d'orange,
de l'huile,
des bonbons,

je lisais la liste, et puis j'ai regardé l'épicier aller et venir au pied des étagères, il avait de jolis gestes lents, des mains dorées qui me berçaient, il aimait servir et faire du bruit en pliant les papiers, ses yeux riaient, à la maison je joue à replier les papiers des commerçants, à refaire l'emballage, le plus délicat à faire ce sont les pointes, comme par exemple le quart de brie, l'épicier m'a dit que si j'avais besoin de plus de courses il pouvait nous livrer chez nous, j'ai dit oui en pensant que c'était une bonne occasion pour Jean et moi d'avoir un peu de la visite, avant que je parte, il m'a donné un chocolat noir fourré à l'orange que j'ai aussitôt mis dans ma bouche, devant lui, il a souri, il ne sait pas pour ma gosse, personne ne sait que j'ai la bouche de ma petite fille dans ma bouche quand je mange un bonbon, sa langue à la place de ma langue, je suis sortie, je suis passée par la rue du lycée technique regarder à travers les grilles les filles qui sortaient en récréation, écouter leurs cris quand elles jouent à se poursuivre, quand elles rient ou quand elles se chamaillent, c'est une aile avec que des filles, j'ai des copines qui me surnomment « petite poupée », mais aussi des ennemies qui m'appellent « la vieille », elles crient, qu'est-ce que tu fais là ! qu'est-ce que tu veux, la vieille ? barre-toi ! quand je reste un peu trop longtemps derrière les grilles à les observer, moi je joue avec elles en cachette, je les embrasse sans qu'elles me voient, on se prête des affaires, des fois je leur laisse sur le rebord du mur un petit pain au chocolat, je suis allée à l'église m'agenouiller auprès des statues, sentir l'encens refroidi et l'humidité sur la pierre, le moisi sur le velours des chaises, les bougies, l'eau croupie dans les vases, l'odeur des fleurs oubliées, me réchauffer quand la Sainte Vierge du vitrail pose ses yeux sur moi et que tout d'un coup le ciel illumine ses lèvres et ses joues de petite fille, quand elle pleure une larme de sang, j'avais envie de prier à haute voix, de faire résonner les mots, une vieille dame arrangeait un bouquet de fleurs mauves posé sur l'autel, rassemblait dans ses mains les pétales tombés, une vieille dame grise qui devait faire aussi le ménage chez le curé, toutes les deux, on était petites et discrètes comme dans un sous-bois, la vieille dame s'est retournée vers moi et j'ai baissé mes yeux, entre les dalles de pierre j'ai trouvé de la mousse, j'ai vu le sol des églises tout recouvert de fougères, on les écarterait du pied pour faire un chemin aux mariés, en levant les yeux je découvrais des lierres entortillés après les jambes du christ et dans les ombres le long des murs des nappes de boutons-d'or fleuris et des gentianes, là-bas, près du confessional, j'ai vu des roses violines sortir d'entre les pierres et des glycines de Chine pendre depuis le plus haut de la nef, j'ai vu des chardons bleus en touffes au pied des colonnes, j'ai vu des tapis de violettes devant la porte de la sacristie, j'ai vu Simon le torse nu traverser l'église devenue notre serre, la cisaille verte à la main, son dos brillant de sueur, j'ai mis dans ma bouche un bonbon de chez l'épicier, je reviendrai dimanche à la messe au bras de Jean, on s'agenouillera l'un près de l'autre dans le cercle des fleurs penchées pour recevoir sur nos langues le corps du Christ Notre-Seigneur le Tout-Puissant, j'ai mis dans ma bouche un autre bonbon de chez l'épicier, la vieille dame s'est retournée pour me gronder à cause des bruits de papier, elle ressemblait aux vieilles dames de Poinchy avec les mêmes rides autour des yeux, la même bouche avec les coins qui tombent, le même petit menton pointu avec quelques poils qui piquaient mes joues quand elles m'embrassaient, cent, mille fois elles me faisaient la bise, les vieilles ronronnaient d'aise après m'avoir glissée au milieu d'elles dans leur lit comme un petit chat qu'on se garde bien au chaud pour la nuit, elles me maquillaient le soir avant de me coucher, elles me coiffaient, des fois c'est moi qui les coiffais, je me calais contre l'oreiller, derrière elles deux qui se tenaient assises dans le grand lit et je lissais leurs longs cheveux blancs de neige avec le peigne en corne et la main, les deux vieilles dames somnolaient sous mes caresses de petite coiffeuse, on était bien, leurs vieux cheveux sentaient le poivre, quand elles s'endormaient leur tête partait d'un coup en avant comme si elles mouraient, parfois aussi, l'une d'elles s'affaissait lentement vers l'arrière, faisait peser le haut de son corps sur moi et je la serrais fort dans mes bras comme une maman qui dort, je m'endormais la figure enfouie dans leurs cheveux de vieilles dames et la nuit je me réveillais en sursaut avec une boule de cheveux chauds dans ma bouche, le dimanche après-midi, elles fermaient l'épicerie et elles cousaient des robes sur moi, elles me faisaient défiler, posaient sur ma tête des couronnes de fleurs blanches, elles disaient que j'étais la plus jolie, je récitais des poésies,

Par les nuits d'été bleu où chantent les cigales,
Dieu verse sur la France une coupe d'étoiles,
Le vent porte à ma lèvre un goût de ciel d'été,
Je veux boire à l'espace fraîchement argenté,

les vieilles applaudissaient, m'embrassaient sur les joues, sur la bouche, maintenant, ma petite et moi, on va vivre avec nos têtes enfoncées sous l'eau sans respirer, plus jamais respirer, plus jamais plus jamais, je chantonnais, il a fallu que je me dépêche, j'avais oublié de passer à la pharmacie place Debucourt acheter les petites pastilles pour Jean, pour sa toux, ensuite j'ai filé directement à la maison sans traîner, tout en marchant, je ne savais plus si Jean était sorti de prison ou si il allait sortir et ça m'est revenu à la maison quand j'ai vu posés sur la table de la cuisine, au milieu des courses, les bonbons pour la toux, j'ai retiré mon foulard, j'avais les joues en feu, je me suis regardée dans la glace, exactement une tête de pomme, avec des joues rouges comme une pomme, j'ai posé ma joue chaude contre la joue fraîche de la glace, j'aurais voulu être consolée, qu'on me fasse un câlin, je voudrais que Jean me serre dans ses bras, qu'il me tienne chaud, qu'il me berce et qu'il me parle tendrement, je voudrais que celui qui a martyrisé ma petite fille m'embrasse et qu'il me sourie, que nos cœurs se touchent, pour que ça fasse comme une explosion, éblouissante, qui ferait tout disparaître, renaître le monde tout blanc, et puis voir la vie remonter à la surface, ma gamine courir sur la berge et rentrer à la maison, elle est maigre, la peau grise, il faudrait qu'elle mange, elle aura sept ans le 11 mars, avec Jean, on fêtera son septième anniversaire peut-être au restaurant italien rue Pierre-Bullet, on dit que c'est le meilleur restaurant de Cormeilles, pas trop cher, paraît-il, par rapport au bon goût des plats, j'achèterai une poupée, elle en veut une avec la longue tresse, une Indienne, les Indiennes voient la nuit, leur âme vole avec les rapaces, elles savent pénétrer à l'intérieur des arbres, elles naviguent dans la sève jusqu'au sommet des branches et se glissent dans l'épaisseur de la feuille pour y dormir au soleil, je la collerai, ma poupée, contre ma bouche, le soir, pour m'endormir, ma peau est douce, je suis une petite fille avec des rides au coin des yeux, j'ai les yeux clairs, démesurés, on m'a dit que j'avais un regard comme sur les photos de guerre, maître Framboise m'avait dit ça, l'avocat, un regard de petite fille sur les photos prises pendant les guerres, je me souviens qu'il me fixait longuement, quand j'étais assise en face de lui à son bureau et qu'on restait comme ça sans parler, il jouait toujours avec un crayon, il regardait mes yeux, ses yeux à lui brillaient, je me balançais, moi je le sais, tous les enfants sont lynchés, on les gave comme des porcs, les hommes mettent le sexe dans la bouche des petits, j'ai vu à la télé des enfants drogués qui font la guerre, ils rient quand ils coupent la tête des femmes, d'une manière ou d'une autre, les enfants ne passeront pas, je veux passer, je veux jouer, avec ma gosse on va jouer à coudre des habits pour la poupée, des tuniques indiennes et des jupes avec les franges sur les côtés, je veux m'envoler, tous les enfants savent voler, j'irai me percher en haut des arbres pour regarder le soleil se coucher, le soleil se lever, pour voir d'au-dessus les gens qui passent, je serai un pigeon blanc et la lumière du soleil couchant me fera les plumes rosées, à qui le dire ? à Jean ? ce midi je lui dirai que je vole comme un pigeon blanc parce que tous les enfants volent et se posent sur les branches, l'avocat me prenait par la main pour me guider dans les couloirs du palais de justice, nos pas résonnaient sous les voûtes, des grands pas, des petits pas, mes pieds en pointillé, maître Framboise, aidez-moi, aidez-moi, je chantonnais, aujourd'hui, c'est un vieux monsieur qui a sûrement les cheveux blancs, il habite Étretat, une jolie maison, à Étretat, toutes les maisons sont belles et grandes, là-bas, il existe des oiseaux de mer qui ne se posent jamais, ils restent toute la vie dans le ciel appuyés sur le vent, je lui ai écrit mais il ne m'a jamais répondu parce qu'il est malade, j'ai mis de l'eau à chauffer pour faire cuire les pommes de terre, je me suis assise, par la fenêtre de la cuisine je pouvais voir la rue déserte, le monde tout vide, tout propre, les rayons du soleil se coloraient en traversant la haie de thuyas, j'étais contente, je balançais mes jambes en surveillant les pommes de terre dans l'eau, j'avais sept ans, Jean allait bientôt rentrer, certains journaux de l'époque avaient dit de l'assassin de ma petite fille qu'il était un vampire, je lui enfoncerai les enfants dans le cœur à coups de marteau, l'air s'est mis à danser, si je pouvais moi aussi faire danser les choses, être la moitié une petite fille et l'autre moitié du vent, que du vent, être minuscule, être rien, je voudrais me cacher, dormir au fond du placard, je suis jolie, mes cheveux sont jolis, ma bouche, je suis une petite fille et j'ai sept ans, je suis belle, je nage autour des bulles qui montent autour des pommes de terre comme le font les dauphins autour des bateaux, je nage autour des patates qui cuisent et c'est rigolo, vite, je suis heureuse, vite, je suis légère, rapide, souple, une bulle d'air, une goutte d'eau, évaporée, je suis descendue nourrir les oiseaux, j'en livrerai demain, on m'a commandé six couples de serins pour Le Paradis Vert, une jardinerie sur la grand-route avant La Ferté, à une trentaine de kilomètres d'ici, ça nous fera notre première sortie à Jean et à moi, on passera par Dives et je lui montrerai le joli pont de pierre, les vergers de mirabelles, l'ancienne chocolaterie en brique, à la météo ils ont dit qu'on aurait un beau temps froid, l'herbe bleue, il faisait un degré ce matin à la fenêtre quand les gendarmes sont venus le chercher, Monsieur Douvetot voudra bientôt le voir, c'est lui le patron qui a proposé pour Jean un emploi de comptable à l'imprimerie La Falaise, c'est un monsieur qui a perdu son fils très jeune dans un accident de moto, un gros bonhomme avec une barbe énorme et des grandes mains brunes, des petits yeux noirs qui brillent quand il parle de l'amour du métier, le juge a accepté le dossier Douvetot parce que Jean Flers était le fils d'un typographe, et puis je suis remontée mettre la table, j'ai posé l'assiette de Jean près de mon assiette, le verre de Jean près de mon verre, les couverts de Jean près de mes couverts, en attrapant les couteaux, j'ai sorti le porte-monnaie, celui avec les petits bouts d'ongle de Jean, on aurait dit des griffes en nacre, minuscules, je me suis assise près de la fenêtre pour coudre un tailleur à ma poupée, la petite aiguille brillait dans le tissu, longtemps j'ai dormi sur la chaise au soleil et j'ai été réveillée par un gendarme qui tapait au carreau de la salle à manger, Jean était fatigué, ils l'avaient gardé plusieurs heures pour lui faire signer des papiers mais en fait c'était pour l'embêter, le gradé m'a dit, voilà madame, je vous le ramène, il a regardé la table avec les assiettes mises, mon nécessaire de couture posé sur le sol, il a ajouté, surtout madame, n'oubliez pas vos obligations légales, j'ai fait non de la tête, ils sont sortis, Jean les a regardés s'éloigner, il est resté dans l'encadrement de la porte de la salle à manger, je lui ai dit, entre, si tu veux qu'on mange, c'est prêt, il sentait le tabac, les gendarmes avaient dû fumer autour de lui en posant des questions, ses cheveux collaient à ses oreilles, j'ai pris son blouson que j'ai suspendu au portemanteau sur le mur, il s'est assis, les mains croisées sur ses genoux, les épaules arrondies, son visage était blanc, gris bleuté à l'endroit de la barbe, la peau du cou plissait contre le col de sa chemise, il a reniflé, et puis, après un long moment, il a dit qu'il aurait bien aimé m'acheter des fleurs, mais que les gendarmes l'ont ramené ici tout droit, et quand ils l'ont interrogé sur moi il leur a dit que j'étais gentille, oui, c'est vrai je suis gentille, je vole comme un pigeon blanc parce que tous les enfants volent et se posent sur les branches pour regarder passer les gens, je lui ai parlé de ses pigeons blancs si blancs qu'ils ont fondu comme de la neige dans le feu au fond de notre jardin, j'ai amené les plats, de ses doigts il a caressé les pommes de terres chaudes, où était le maçon qui regardait ma gamine depuis sa fenêtre ? où étaient cachées ses grandes mains, sa force ? il m'a regardée, ses yeux se sont mis à briller de larmes, seulement maintenant je me suis rendu compte que ses deux yeux n'avaient pas tout à fait la même couleur, j'ai souri, posé une noix de beurre sur sa pomme de terre et servi la tranche de jambon, je me suis assise face à lui, j'aime bien servir à manger, j'ai entendu son cœur battre dans notre maison en carton, son odeur de vinaigre a rempli la pièce, il a eu peur, je crois, il a vu quoi ? Jean s'est allongé tout de suite après manger et il a dormi tout l'après-midi et la nuit entière sans interruption, évanoui, aucun bruit, juste sa bouche ouverte et sa gorge rouge dans le faisceau de ma petite lampe de poche, ça faisait un trou profond dans sa figure, on aurait pu facilement y plonger la main, il a plu un peu, ça murmurait sur les vitres et sur la petite table en fer rangée contre la porte du garage, c'est bon pour les jardins cette eau, j'ai entendu miauler un chat, les oiseaux s'agitaient sur les perchoirs, j'ai trouvé un œuf cassé, la pleine lune favorise la pousse des racines des plus jeunes arbres et les fruitiers de la mairie ont dû s'enfoncer un peu plus vite dans la terre des trottoirs, on y voyait clair dehors, le toit des pavillons brillait, la pluie avait cessé, je suis sortie jouer avec ma balle, je l'ai fait rebondir plusieurs fois contre la maison et sans le faire exprès je l'ai lancée contre les carreaux de la chambre, heureusement Jean n'a rien entendu, Sandrine a traversé en courant l'allée de gravier avant de se faufiler par la porte de derrière, où était-elle partie pour rentrer si tard dans la nuit ? un gros nuage noir a caché la lune, il faisait froid, alors je suis montée me coucher sous les combles après avoir brossé mes dents et coiffé mes cheveux, je me suis regardée dans la glace, longuement, Jean respirait rapidement, allongé raide sur le dos, demain nous irons au Paradis Vert, le Vert Paradis, Paradis, Paradis, j'ai chantonné, l'air a bougé, j'ai entendu craquer l'escalier, quelque chose a couru sous les tuiles, traversé le mur, tout d'un coup, comme un magicien, Simon a fait apparaître un bouquet de fleurs mélangées, jaunes, roses et mauves, il a ri, je me suis recouchée entre les draps, avec mes pieds écartés j'ai cherché le tissu frais dans les recoins du lit, et les fleurs éparpillées sur tout mon visage, leur caresse fraîche sur ma bouche sur mes joues sur mon cou, j'ai volé dans les airs jusqu'aux serres de Hauterive et après, j'ai dormi, dormi dans les bras de Simon, mon amour, on était nus tous les deux dans l'air mouillé, j'étais une fleur mouillée, sa fleur mouillée, il m'a dit, une orchidée, vers dix heures du matin seulement Jean a bougé, je l'ai entendu qui toussait, il a marché dans la chambre, ouvert la fenêtre pour respirer l'air du jardin, moi j'étais prête à partir, j'avais mis les oiseaux dans les boîtes, six couples séparés dans six cubes en carton, je m'étais assise à la table et à l'aide d'un clou je faisais des petits trous pour l'air dans les couvercles, Jean est sorti de la chambre tout habillé, son visage chiffonné par le sommeil, la chair du front, la chair des joues, son cou cireux, lourds comme du drap, la nuit l'avait épaissi, tassé, elle lui avait rendu sa silhouette vieillie d'ancien maçon, le maçon était revenu, Monsieur Jean s'est planté au milieu du couloir, pieds nus, il m'a dit bonjour et il a souri comme à la fenêtre, son oreille droite qu'il avait écrasée sur l'oreiller était rose vif et l'autre blanche, ses yeux brillaient, je lui ai demandé s'il avait bien dormi et il m'a répondu oui, qu'il en avait besoin, il a regardé autour de lui comme s'il découvrait l'endroit pour la première fois, il a traîné ses pieds sur le carrelage pour aller caresser du plat de la main son blouson accroché au portemanteau, le remonter un peu plus haut sur la patère, j'ai vu sa main large, forte, encore solide, serrer le blouson, il est resté planté là un moment, puis il a pivoté lentement, il a regardé par terre comme un ouvrier de soixante et un ans déjà vieux qui cherche ses chaussons sur le carrelage froid, il aurait pu les demander à Odile, où tu les as mis ? ou bien à sa fille Nadège, Nad ! c'est toi qui les as rangés ? je l'entendais parler à sa femme et à sa fille dans la maison de Hauterive, on les entendait depuis la cour, la nuit, la lune, avait libéré le vieux papa de Nadège de sa prison,

Nadège Flers, née le 13 juillet 1971 à Dijon en Côte-d'Or, fille de Jean Flers, artisan maçon, et d'Odile Flers, née Odile Coutteurs, aide-laborantine,

fillette aux longs cheveux, aux grands yeux bleus, elles s'aimaient avec Sandrine comme deux sœurs, Monsieur

Jean a levé les yeux, lu le temps qu'il allait faire sur le baromètre, tourné dans la maison, comme endormi, j'ai fait griller le pain, passé le café, la maison sentait bon, elle sentait le matin, le jour à venir, Jean a pris une douche, j'entendais l'eau couler, la flamme du chauffe-eau crier, les éclaboussures, j'ai mis les bols, le sucre, le beurre sur la table, la confiture, j'ai tout mis comme il faut mettre, les petites cuillères et le couteau, les serviettes, comme font les autres gens, les oiseaux battaient des ailes dans les boîtes, j'ai nourri le hamster sous l'évier, j'ai arrosé le caoutchouc, ça a réveillé l'odeur de la terre, j'ai eu envie d'une promenade dans les bois, de sentir le parfum de l'herbe écrasée, de dessiner sur mes habits en traversant les fougères ces traces vertes qui ne partent plus jamais en lessive et me faire gronder, l'eau coulait, coulait, Monsieur Jean se lavait de la prison, Simon prenait souvent des douches avec Sandrine, ils se savonnaient, ils se chatouillaient, je les voyais se shampouiner à travers le rideau translucide de la douche, je les entendais rire, ils venaient s'asseoir sur des chaises côte à côte et je les coiffais comme dans un vrai salon, je leur posais des bigoudis, je leur faisais des crans, je les tenais dans mes mains, mes deux mains posées à plat sur le crâne de Simon, une main seulement posée à plat sur le crâne de Sandrine, je les tiendrai toujours dans le creux de mes mains, deux paumes Simon, une paume Sandrine, dans la salle à manger parfois je me tiens droite derrière les chaises, les yeux fermés, je fais des shampooings, deux mains pour lui, une main pour elle, quand ils ont repêché ma petite coincée dans les branchages de l'écluse, sa tête enflée faisait deux mains, il faudrait que le vent se lève, qu'il souffle à rebours dans les plumes des oiseaux, on en voit sur les branches, tout ébouriffés, qui laissent apparaître leur duvet d'en dessous, leur duvet secret, doux, directement sur leur peau d'oiseau, un rayon du soleil a touché les bols, allumé les couteaux, Monsieur Jean piétinait dans le bac de douche, il se rinçait, se rinçait, le maçon lavait ses chairs, dimanche à l'église, agenouillés côte à côte, nous recevrons sur nos langues le corps du Christ, les vieilles dames de Poinchy me déguisaient en ange et me faisaient danser, elles chantaient des chansons qui parlent de bergères, le ciel s'ouvre pour laisser passer la lumière du Christ Notre Sauveur, on mangeait des petits gâteaux, je veux ma mère, cueillir des fleurs, le soleil a frappé le pot de confiture d'abricots, on dirait une énorme abeille posée sur la table à côté du pain, la flamme du chauffe-eau s'est éteinte, l'eau s'est arrêtée, Jean s'est raclé la gorge, il a rassemblé sa salive, il a craché, fait couler l'eau du lavabo, j'ai ouvert le sac avec les lettres, dedans ça sentait les pieds, j'en ai sorti une datée d'octobre 1980, avec une croix noire dessinée derrière, à l'encre rouge, en grosses lettres à la règle, j'avais écrit VIDE sur le papier d'écolier à carreaux, rien que ce mot-là, au-dessous j'avais collé avec un bout de Scotch une herbe, je me souviens, de notre serre abandonnée,

VIDE,

une herbe qui avait poussé sur la terre gorgée du sang, une herbe fine, translucide, Jean est sorti de la salle de bains, les joues roses de chaleur, ses yeux rougis, ses cheveux qu'il avait peignés en arrière brillaient, il est venu s'asseoir à la table, devant son bol, sa serviette, sa petite cuillère, son couteau, il a touché les unes après les autres toutes les pièces du couvert, du bout des doigts, il a caressé le ventre du bol, repoussé le beurre de quelques centimètres, rapproché de lui le gros pot de confiture, il a murmuré, je te remercie, je te remercie pour tout, il a tourné sa tête vers les boîtes à oiseaux, les oiseaux donnaient des coups de bec dans le carton, je lui ai dit que je livrais des oiseaux à Vert Paradis, où ? Vert Paradis, il a fait l'étonné, ramené son regard sur le bol, posé ses mains à plat sur la table, il sentait fort l'amande du shampooing et le seringa de la savonnette, il a vu sa lettre de prison posée sur la chaise à côté,

VIDE,

je lui ai servi le café brûlant, je lui ai beurré une tartine, j'ai étalé plein de confiture sur une autre tartine pour moi, c'était bon, j'en avais sur mes doigts sur mon nez, Monsieur Jean arrachait des gros morceaux de pain et s'en remplissait les joues, il mastiquait fort, vide, vide, vide, j'ai chantonné, la vapeur du café faisait trembler sa figure, trembler sa lèvre, trembler son menton, il a reposé son bol, reculé sa chaise, il a regardé vers la fenêtre, je lui ai resservi du café, plein le bol, il l'a pris dans les mains jointes et il a fini de le boire debout, loin de la table, en disant après chaque gorgée avalée, il est bon, il est bon, il est bon, vide, vide, vide, je chantonnais, il est bon, il est bon, il est bon, le hamster a couiné dans sa boîte, Jean a posé le bol vide dans l'évier, j'ai débarrassé la table, passé l'éponge, rangé tout, et maintenant Jean, j'ai dit, on est déjà en retard, il faut qu'on aille à Vert Paradis, sa bouche s'est tordue de peur, il a demandé, c'est où ? c'est loin ? je viens ? je lui ai dit oui, bien sûr, ça serait bien que tu viennes, c'est pas loin, il a pris son blouson, on est sortis de la maison, on a marché sur le gravier de l'allée, tout le bruit qu'on faisait avec nos pieds, c'était joli, le même bruit que les autres gens quand ils partent le samedi après-midi faire des courses, ce bruit des familles qui vont acheter des choses pour leur maison dans les grandes surfaces, ils achètent pour demain, pour après-demain, pour après-après-demain, parce qu'ils croient qu'ils seront toujours assis autour de la table, la semaine prochaine, l'autre semaine à suivre et peut-être toute la vie, ensemble, ils ont dans leur frigidaire des yaourts pour toute la semaine, des yaourts pour toute la vie, j'étais garée juste devant, on a mis les oiseaux sur la banquette arrière et on est montés dans la voiture, longtemps, longtemps, on est restés assis sans bouger, silencieux, tous les deux la tête droite à regarder devant nous à travers le pare-brise qui était plein de crottes d'oiseau, Monsieur Jean respirait vite, son cœur battait fort dans le dossier de son siège, il a fait le geste de gratter une crotte d'oiseau avec son ongle et il a dit, eh ben, il manque un homme dans cette maison, on s'est regardés, il avait peur, son front brillait de sueur, les veines de son cou s'étaient gonflées, les oiseaux derrière nous battaient des ailes dans les boîtes, j'attendais Sandrine, ma petite qui était rentrée si tard, j'ai regardé le bras de Monsieur Jean, là où le sang de ma petite avait fait deux taches de la taille d'une pièce de un centime, deux minuscules mares rouges sur le tissu, ma petite flottait là, sur le dos, son regard vers le ciel, j'ai mis le moteur en marche, retiré le frein à main, le clignotant, enclenché la première, on est partis, je m'appliquais à freiner doucement pour ne pas faire valser ma petite dans sa mare de sang, la mare étale, lisse, épaisse, rouge luisante sous le soleil qui rentrait dans l'auto, on a pris Cormeilles-centre et puis la sortie Cormeilles-nord, Jean fermait ses yeux pour ne pas être malade, on est sortis par la grande bretelle, quand on emprunte cette nationale, très vite c'est la campagne, l'air change et ça sent bon, Jean a ouvert sa fenêtre pour faire entrer du frais, on a traversé un village qui sentait le biscuit, des nuages blancs énormes flottaient dans le ciel, des montagnes, la cime éblouissante couverte de neige, dans le ciel bleu, tellement gros, sans rien, comment ça tient? immobiles, pas de vent, pour les fleurs des arbres fruitiers, c'est bien, c'est une année à prunes, on aurait tous un fruit qui porte notre nom, la Flers pour une petite pomme à cidre, la Breitman, petite prune jaune sucrée pour les tartes, tous un fruit sur un arbre, Sandrine, minuscule cerise au jus sucré, petite tache sur la nappe qui ne partira pas, à la sortie de Trois-Monts-Bocage Jean m'a soufflé à l'oreille que je conduisais bien, que j'étais prudente et c'est vrai que je suis prudente, je suis un oiseau, je suis une prune sur la tarte, j'ai ri, Jean m'a regardée rire, surpris, les corneilles faisaient des cercles sur les peupliers dans les champs d'eau, je me suis vue rire dans le rétroviseur, j'étais belle, superbe, magnifique, une petite fille aux joues bien pleines, tellement vivante, tellement heureuse, tellement petite et fragile, douce, de la vie tapissée avec le duvet caché des oiseaux, une goutte d'eau dans une fleur, j'ai senti la trompe d'un papillon venu boire dans mon cou, un chatouillement infime, j'ai ri, c'était une mèche de mes cheveux, mes boucles de cheveux servaient de trompes aux papillons, mes cheveux venaient boire le sucre de mon cou, ma sueur de prune à tarte pendant que je conduisais, plus je roule vite, plus je pense vite, j'ai ralenti, on traversait Dives et son joli pont de pierre, Jean avait mis sa figure à la fenêtre pour se saouler de vent, les larmes glissaient sur sa tempe et rentraient droit dans son oreille, comme dans un vase, on a dépassé l'ancienne chocolaterie en brique, les vergers de mirabelles, l'aqueduc de Clinchamps, un gros bourdon aspiré dans la voiture s'est mis à cogner contre la vitre arrière, j'ai pris à droite, direction La Ferté, on approchait, ça se voyait à tous ces entrepôts neufs, même un fabricant de piscines, exposées sur le bord de la route, en forme de haricot, avec la pompe au fond, les gosses se noient, la mer, je veux la mer, les vagues, le vent, le phare qui tourne la nuit sur le mur de ma chambre, je veux glisser ma main à plat sous l'oreiller tout frais, fermer les yeux, attendre la lumière, à travers les paupières on la voit, elle s'en va, la voilà, je veux pas m'endormir, je veux faire des ombres sur le mur, la tortue, la poule, le lapin, je vais me lever la nuit pour faire pipi, me perdre dans les couloirs de la pension, pas trouver les toilettes et faire pipi dans le jardin, je veux mon lapin, joli lapin, je chantonnais, on arrache l'œil des lapins, on étrangle les enfants, on les décapite à coups de pelle, on les enterre dans les jardins, c'est marqué dans le journal, tous les jours, tous les jours, à la radio, dans le journal, les jardins sont pour les fleurs, Jean m'a fait signe qu'il était malade, je me suis vite garée sur le bas-côté, il est descendu vomir, caché derrière la voiture, son petit déjeuner coulait à ses pieds, éclatait dans les graviers, le gros bourdon est venu cogner contre le pare-brise avant, il est reparti cogner le pare-brise arrière, de vingt-trois à quarante-sept ans j'ai vécu seule, vingt-quatre ans seule, en années de fée, ça fait un an, un an toute seule, sur la vitre, les bourdons vivent tout seuls, Jean a fait un bruit terrible avec la gorge, un cri étouffé par le liquide, j'aime bien conduire, Simon me passait le volant, on roulait sur les petites routes, il criait quand j'accélérais, il se masquait les yeux en priant dans les virages, on s'arrêtait dans les bois, on s'aimait, on ramenait sous nos habits des brindilles, des feuilles de chêne, des aiguilles de sapin, j'aurais pu faire un herbier de ces herbes rassemblées avec notre dos, coller sur du papier calque les petits bouchons de mousse gorgés de notre sueur, Jean s'est relevé, il a craché, mouché, les mains sur les hanches, respiré fort, il était rouge, les yeux plein de larmes, il s'est appuyé sur le capot comme s'il avait le tournis, trois gamines de dix ans à peine sont passées en vélo, Monsieur Jean a regardé vers elles, leur poitrine, leurs jupes soulevées par le vent, leurs jeunes cuisses blanches éclatantes dans le soleil, il a regardé vers moi, je lui ai demandé si ça allait mieux, il s'est penché pour vomir encore, c'était fini, on est repartis, doucement, la vitre ouverte, il s'est excusé, il a essayé de rire en parlant des belles tartines fichues, du bon café, on a traversé Coursy-le-Bel, on était arrivés,

Vert Paradis,
Plantes,
Animalerie,
Matériaux,

un immense magasin comme un chalet en bois, on a traversé le parking pour se garer près des bureaux, toutes ces voitures, ces gens, les jardinières, treilles, terreau, grillages, planches, lilas, vignes, thuyas, ciment, peinture, pommiers, rosiers, ces coffres ouverts, ces chiens à l'arrière, klaxons, musique, haut-parleurs, les cris des enfants, les pleurs des bébés, Jean étouffait, j'ai dit c'est là, j'ai rendez-vous dans le bureau, tu prends les oiseaux ? Jean a murmuré, je peux pas, je peux pas, je peux pas respirer, je vais crever, mes tout petits oiseaux Jean, mes tout petits oiseaux, je peux pas, ça va pas, je vais crever, les serins battaient des ailes, je vais crever, mes oiseaux Jean, je suis sortie de la voiture et j'ai pris les oiseaux, six boîtes, légères, rien que des plumes, des petits becs, des cœurs, j'ai pris les clefs de l'auto, dans le bureau des réceptions j'ai fait appeler par le haut-parleur,

Liliane de l'animalerie est demandée,
Liliane est demandée au bureau,
Liliane de l'animalerie au bureau,

la jeune ne venait pas, la stagiaire a demandé après Cédric,

Cédric de l'animalerie est demandé
au bureau des réceptions, urgent,
Cédric de l'animalerie au bureau.

la voix de la jeune fille résonnait partout dans les rayons, les chiots dans leur cage de verre tournaient dans la paille, les souris blanches se poussaient dans le coton, les couleuvres dormaient,

Cédric de l'animalerie,
Cédric, Monsieur Cédric,

personne, je voyais Monsieur Jean dans la voiture au soleil, une silhouette noire, tapie, immobile, l'animalerie, l'animalerie, mes oiseaux apeurés se battaient dans les boîtes, une fillette est descendue de la voiture, c'était ma gamine, c'était sa taille, elle a ouvert la porte arrière et fait des grands gestes comme pour chasser le gros bourdon, elle est remontée à l'avant de l'auto, à la place de Jean, j'ai attendu, ni Liliane ni Cédric ne sont venus chercher les boîtes, enfin une caissière qui était ma copine est entrée dans le bureau en faisant claquer ses mules, elle a la tête carrée, du rose sur les yeux et des mèches violettes, j'ai confié les oiseaux à Madame Annie, elle a rempli mon bon de remise, j'ai montré la voiture, elle a demandé si l'homme à l'avant, c'était mon fiancé ? encore un ! elle a pouffé, j'ai rougi, tu me le présentes ? allez, on y va, fissa ! elle m'a tiré, par le bras hors du bureau, tiré, vers la voiture, des grands pas, des petits pas, mes pieds en pointillé, Annie a tourné devant le capot, tapé fort à la vitre, dit bonjour à Monsieur Jean, Jean n'a rien dit, lui et elle se sont regardés, plusieurs secondes, elle a arrêté de sourire, d'un coup elle m'a prise par la manche, poussée entre deux voitures, elle m'a dit, Chantal, si tu veux un conseil, reste pas avec lui, tout de suite elle est repartie en me faisant des petits signes avec les bras, taille-toi, ma petite, taille-toi, elle a mimé le geste de se donner un coup de poing dans l'œil, elle a ri, je suis montée dans la voiture, j'ai baissé ma vitre, mis le contact, on étouffait, ça sentait l'aigre, Jean m'a dit merci d'avoir fait vite, il s'excusait pour mon amie, son mouchoir traînait par terre, en me retournant j'ai vu que le bourdon était sorti, on a quitté lentement le parking de Vert Paradis, on a pris par Saint-Nicolas-le-Bisson, roulé dans la campagne, le vent sifflait dans la voiture, secouait les cheveux de Jean, secouait mes cheveux, caressait mes joues doucement, le soleil transperçait les arbres et nous faisait cligner des yeux, Jean poussait son visage dans la lumière comme à travers les barreaux de la prison, on s'est arrêtés dans un café boire deux limonades, une grande pour le monsieur, a crié la patronne, et la toute petite avec le joli minois, elle veut quoi ? une limonade dans un petit verre, on a bu sans rien se dire, sans se regarder, on a repris la voiture, j'ai chanté une chanson que j'avais apprise quand j'étais petite, on a pris Cormeilles-sud et on est rentrés à la maison, minuit, Jean dormait, j'ai nettoyé la douche, ramassé les petits poils frisés qui traînaient, un peu de sa saleté grise que j'ai déposée dans un demi-buvard plié, j'avais du mal à respirer, de plus en plus de mal à respirer, j'ai rangé le buvard plié dans le tiroir du buffet, sous les serviettes de table, je suis descendue surveiller la nuit de mes oiseaux, nuit silencieuse, sommeils immobiles, aucune paupière ne tremblait, nuit sans rêves, j'ai décidé de faire un poisson pour midi, je suis remontée, toute la maison semblait se reposer, tous les objets et les meubles, assoupis, mous, sans guerre, Sandrine s'était assise à la table de la salle à manger, elle lisait, j'ai tiré la chaise doucement et je me suis assise face à elle, sans parler, la regarder, blanche, bleutée sous la lumière du plafonnier, sage, appliquée, ses yeux allaient d'une image à l'autre, une histoire d'animaux, de cirque, son doigt caressait le bord doré du livre, elle a tourné la page, le vent du livre a soulevé très légèrement ses cheveux, la page s'est reposée comme au ralenti, comme une page au fond de l'eau, elle a levé les yeux vers moi, elle a souri, et elle m'a dit, maman, sois gentille avec Monsieur Jean, sinon il me mettra dans le fond de son ventre, j'avais envie de pleurer, elle a continué de me parler tout bas comme j'en avais rêvé depuis si longtemps, vingt-quatre ans, maman, tu es jolie, si jolie, elle a redit, sois gentille avec Monsieur Jean, sinon il me remettra dans le fond de son ventre, j'avais envie de hurler, maman, ma petite maman, ne crie pas, ne me gronde pas, tu es plus petite que moi, tu as un an, moi j'en ai six, ma chérie, ma petite s'est levée, elle a marché en direction de la chambre et elle est entrée rejoindre Monsieur Jean, je l'ai entendu qui toussait, où dort-elle ? ramassée en boule sur ses pieds, au bout du lit, comme un chien, dans son lit, comme je dormais souvent chez les vieilles de Poinchy ? on va plus respirer, il ne faut plus qu'elle marche pieds nus sur le carrelage froid, j'achèterai des chaussons, des mules, avec brodés dessus les yeux d'un petit chat, le vent dehors agitait les branches des bouleaux, ça faisait cliqueter les rameaux entre eux comme des bruits de fourchettes dans les assiettes, cette nuit, on mangeait dans les arbres, ça m'a donné faim, j'ai grignoté un bout de fromage debout contre la porte du frigidaire, sur un pied, sur l'autre pied, moi aussi il faut que je passe des chaussons, j'avais froid sur le carrelage, j'ai toujours eu froid aux pieds, Simon, la nuit, réchauffait mes pieds de ses pieds brûlants et si ça ne suffisait pas il se glissait sous le drap pour me souffler sur les orteils tout l'air de son ventre chaud, il les embrassait, il les caressait comme il disait, ses souriceaux, je veux dormir, accrochée au fond de l'eau au milieu des algues molles et me balancer sans fin, me balancer, comme ça, comme ça, me languir dans le courant comme une page colorée du livre, je me balançais, je me balançais, comme ça, j'ai cherché dans le frigo, j'ai mangé une tomate et bu du lait, du lait de vache, du lait que les vaches font sortir de leur ventre pour nourrir leur petit veau, les taureaux ne violent pas et ne tuent pas les petits veaux, les vaches beuglent quand on leur enlève leur petit, des heures, des jours, des nuits, elles frappent du sabot dans l'étable, leur yeux sont tristes, il faut les tuer à leur tour, j'ai avalé le lait en suçant goulûment la bouteille comme si j'étais un petit veau, mon nez renifle le ventre rond de ma mère quand je la tète, le lait chaud gicle sur ma figure, ma mère me protège du soleil, elle me cache le ciel, je la tète les yeux fermés, je suis comme à l'intérieur d'elle quand je tète sous ma mère, son ventre m'écrase et je ne risque plus rien, je me suis allongée par terre dans la cuisine sous le ventre rond de ma mère, des filets de poisson blanc avec du riz pour midi, des oranges, le hamster s'est levé dans sa boîte et il m'a regardée couchée sur le sol, petits yeux noirs brillants, petites billes, il faudrait que j'accompagne Jean à l'imprimerie, chez Monsieur Douvetot, il n'ira pas seul, je dois signer des papiers de prise en charge, les derniers papiers, on aura la vie normale après,

Douvetot Antoine, né le 11 février 1946 à Épinal, département des Vosges, imprimeur, fils d'Auguste

Douvetot, forestier, et de Rosa Douvetot, née Rosa Bülow, couturière à façon,
le vent me berçait, son sifflement léger dans la gouttière, un murmure sur les graviers, du silence, nouveau murmure, comme des petites voix qui courent, qui cherchent des trous dans les murs pour se cacher, pour pouvoir parler entre elles, dans les fentes entre les briques, j'ai volé, j'ai dormi, ce matin je me suis réveillée sous les combles, dans la nuit Monsieur Jean m'avait portée dans ses bras jusqu'au lit, je tremblais de froid couchée sur le carrelage, il m'a soulevée, j'étais légère, une poupée, une plume, il m'a demandé pourquoi j'avais dormi là, pesté que c'était pas raisonnable et que j'aurais pu attraper du mal, il m'a proposé de rendre la chambre, la chambre au soleil qui voit tout, j'ai refusé, c'était leur chambre, le coin de ses yeux s'est mis à briller, deux larmes minuscules, c'est votre chambre à vous, je me balançais, comme ça, comme ça, sur un pied, sur l'autre pied, je recommencerai plus jamais Jean, je te le promets, je serai sage, une image, mon institutrice au cours élémentaire, Mademoiselle Derniermot, lorsqu'elle allait faire pipi, disait toujours ça, je vous laisse seules mes filles et soyez sages comme des images, quelles images ? ma petite fille morte et sa bouche pleine de vase en photo sur le bureau de maître Framboise, mon bébé sage comme une image coincée entre les branches dans l'écluse, sa tête enflée, deux paumes, sa jolie robe bouton-d'or déchirée pleine de boue, le vent de la nuit

avait ramené des nuages, la pluie, j'ai fait du pain grillé, passé le café, c'est l'odeur du petit matin dans les maisons qui sont normales, la flamme du chauffe-eau s'est remise à crier, le jour, la nuit, le jour, la nuit, ça ne durait qu'une heure, on était où ? quand ? le ciel gris, j'ai beurré les tartines, l'eau coulait, coulait, ruisselait dans la douche, sur les chairs roses de Jean, ma petite avec lui qui le savonne, elle le suit partout, ma pauvresse, sa main tendue, la paume en l'air, rends-moi ma vie, j'ai mis les bols, les cuillères, les couteaux, les serviettes, le beurre, la confiture, la grosse abeille, le sucre, et mon cœur lalala qui ne bat que pour toi, j'ai chantonné, j'ai nourri le hamster, arrosé le yuka, la hache, Chantal, dans le garage, la hache, j'ai rangé la vaisselle de la veille, l'assiette de Jean sur mon assiette, le verre de Jean contre mon verre, et mon cœur lalala, qui ne bat que pour toi,

Écoutez la voix du vent dans la nuit,
La vieille voix du vent, la lugubre voix du vent,
Malédiction des morts, berceuse des vivants,
Écoutez la voix du vent,
Il n'y a plus de feuilles, il n'y a plus de fruits,
Dans les vergers détruits,
Les souvenirs sont moins que rien,
les espoirs sont très loin,
Écoutez la voix du vent,

j'ai récité,

Toutes vos tristesses, ô ma dolente, sont vaines,
L'implacable oubli neige sinistrement,

Sur les tombes des amis et des amants,
Écoutez la voix du vent,
Les lambeaux de l'été suivent
le vent de la plaine,
Tous vos souvenirs, toutes vos peines,
Se disperseront dans la tempête
muette du temps,
Écoutez la voix du vent,

j'ai pleuré, les vieilles dames de Poinchy ont applaudi, elles ont récité elles aussi, assises sur le rebord de leur lit,

Elle est à vous,
Pour un moment,
La sonatine,
Des jours défunts,
Des nuits d'antan,
Oubliez-la,
Elle a vécu,
Elle est bien loin,
Écoutez la voix du vent,
Nous irons rêver, demain, sur les ruines,
D'aujourd'hui, préparons les paroles chagrines,
Du regret qui ment quotidiennement,
Écoutons la voix du vent,

les vieilles dames de Poinchy ont tendu leurs mains vers moi pour que j'aille me coucher avec elles, contre leur corps de vieilles femmes grises, pour qu'elles embrassent ma peau de bébé, j'ai pleuré longtemps, dans ma serviette, mouché mon nez, la voix du vent, où ? quand ? les clochettes, la neige qui brille et mon cœur lalala qui ne bat que pour toi, je suis descendue à la cave, j'ai remonté le vieil imper beige de Simon pour le donner à Jean, je l'ai accroché à la patère par-dessus son vieux blouson, peau sur peau, Simon par-dessus Jean, Messieurs Jean et Simon, pour moi le monde entier, Jean a entrebâillé la porte de la salle de bains, il m'a appelée, il n'avait plus de serviette, je suis allée en prendre deux dans l'armoire de la chambre, j'ai passé mon bras dans la salle de bains pour les lui tendre, la chaleur de la douche, ma main comme enfoncée dans le corps, il était nu, j'ai vu son ventre, sa cuisse, son sexe un peu dur, le reflet de sa poitrine large dans le miroir, j'ai retiré ma main moite, couverte de gouttelettes d'eau, c'est comme ça que Monsieur Jean passait les après-midi d'été, allongé sur son lit et son sexe dur qu'il caressait en regardant ma gamine, on aurait pas dû donner à la petite la chambre au premier étage parce que depuis la chambre de la petite on voyait la chambre de Monsieur Jean, Sandrine se déshabillait, elle mettait son maillot de bain et Monsieur Jean se masturbait, on passait des bons moments à s'asperger devant les serres, Sandrine pliait sous le jet comme une branche nouvelle, petite fille faite en saule, luisante, pendant le procès, le président lui avait demandé, vous observiez Sandrine quand elle se déshabillait le soir pour se mettre en chemise de nuit, répondez, c'est exact ? Jean n'avait pas répondu, le président avait continué, monsieur Jean Flers, vous la regardiez quand elle s'habillait en chanteuse et qu'elle dansait devant sa glace comme le font toutes les gamines de cet âge, aux gendarmes qui vous ont interrogé vous avez dit oui, que vous la regardiez, vous avez même employé l'expression se trémousser, elle se « trémoussait devant la glace », Jean avait répondu, c'est pas un crime de regarder chez les voisins, même si c'est une chambre, il avait fixé le public pour le prendre à témoin, peut-être que dans le public il avait senti d'autres gens qui épient par leur fenêtre les gamines qui se déshabillent le soir et qui dansent devant leur miroir, j'ai essuyé ma main moite au torchon, j'ai aperçu son sexe un peu dur, un peu relevé dans sa touffe épaisse, c'était rien qu'une arme, il faudrait recouvrir la Terre d'une épaisse couche de cendres, depuis l'espace on ne verrait qu'une boule grise tourner tout autour du Soleil, sans histoires et paisible, l'avocat criait contre Jean, vous prépariez un plan, vous avez construit cette cabane à pigeons uniquement pour y attirer Sandrine et pratiquer sur elle des attouchements, est-ce vrai, monsieur Flers ? non ! j'aime ça, les pigeons ! vous lui baissiez sa culotte et vous la caressiez en lui faisant promettre de ne rien dire ! non ! non ! c'est parce que j'aime ça, les pigeons blancs, et puis élever des pigeons ça me fait du bien, ça me calme, l'avocat poursuivait, ça vous calme de quoi ? de vos pulsions violentes ? de vos pulsions de mort ? non, je jure ! ne jurez pas ! je les lâche, les pigeons font des ronds au-dessus des toits et ils reviennent se poser sur les perchoirs, ils sont habitués à revenir dans les nids, bien sûr ! dans les nids ! criait maître Framboise, dans ces nids douillets où vous allongiez des enfants ! Jean a raclé sa gorge, rempli sa bouche, il a craché, fait couler l'eau du lavabo, il est sorti, le visage rouge, plus fort encore, épais, d'où lui revenaient ses chairs ? il a mangé trois tartines, la confiture d'abricots coulait dans le creux de ma main, j'ai ri, il m'a dit que je suis jolie quand je ris, il est bon le café, il est bon, après chaque gorgée, il est bon, il a regardé la chaise à côté de lui mais il n'y avait pas de lettre de prison, une guêpe tournait au-dessus de la table, elle s'est posée sur le bord du pot de confiture, en équilibre sur le sucre, elle en a fait le tour à toute vitesse, ses ailes dépliées sous la lumière, qui vibraient, Jean a soufflé fort, d'un coup la guêpe a basculé, entrepris de descendre à l'intérieur du pot, le long de la paroi, elle agitait ses antennes, de plus en plus rapidement, excitée, dangereuse, les ailes ont touché la confiture, elle avançait péniblement dans le fond, de plus en plus enfoncée dans le sucre, lourde, les ailes prisonnières, avec la pointe du couteau je l'ai noyée dans la confiture, tous les petits enfants adorent faire ça, on a sonné à la porte, on a sonné une seconde fois, je suis allée ouvrir, le vent balayait la pluie fine, un jeune homme maigre, barbu, en bleu de travail, des grosses lunettes qui lui faisaient des petits yeux pâles, s'excusait de nous déranger si tôt mais il était envoyé par Monsieur Douvetot pour chercher Monsieur Jean Flers et le ramener à l'imprimerie pour lui faire remplir les papiers pour l'embauche, il a ajouté que Monsieur Douvetot lui avait dit de dire « impérativement », Monsieur Flers doit se présenter impérativement aujourd'hui à son bureau, et que moi, Madame Chantal Breitman, Monsieur Douvetot m'attendait au plus tard en fin de journée au bureau à l'imprimerie des Fontaines pour remplir ma partie, le jeune homme a tout dit d'une traite, ses grands bras maigres collés le long du corps, poings serrés, Jean s'est levé, il a passé l'imper beige, sans rien dire il est monté avec le jeune dans la camionnette blanche marquée IMPRIMERIE LA FALAISE et ils ont disparu à l'angle de la rue, l'arrière de la camionnette soulevait un mur de pluie, une autre voiture, un bus, la rue s'est vidée, les trottoirs brillaient, les gens d'en face avaient oublié de rentrer leurs vélos et les engins avaient dormi la nuit dehors contre la porte du garage, des brocanteurs qui entassaient leur bric-à-brac dans des remises couvertes de tôles ondulées au fond de leur cour, on ne les voyait presque jamais, hormis le dimanche matin, ils chargeaient le petit camion de vieux meubles qu'ils allaient vendre aux alentours, ils avaient deux filles d'à peu près dix ans, des jumelles, habillées pareil, coiffées pareil, qu'on pouvait différencier facilement au fait que l'une d'elles boitait terriblement, pourquoi les parents les habillaient-ils de manière identique, pourquoi les coiffaient-ils exactement de la même façon, si ce n'est pour qu'on les confonde, mais comment les confondre avec ce handicap terrible qui faisait se dandiner l'une d'elles comme un canard? la gosse avait été attaquée à l'âge de quatre ans par leur propre chien, un molosse censé monter la garde dans les remises, la petite fille était rentrée, le chien l'avait dévorée, lui avait broyé sa hanche, sa jambe et son bras, la pluie coulait dans mon cou, j'avais envie d'eau sur le visage, j'ai écarté les lèvres, ça me faisait froid aux dents cette petite bruine comme de la soie, l'eau coulait dans mes yeux, c'était doux, on dit que parfois des gens crèvent les yeux des enfants pour émouvoir les passants, les exposer aveugles en travers des trottoirs et les forcer à mendier? j'ai bu la pluie qui tombait sur Cormeilles, les yeux crevés, ne plus jamais respirer, je suis rentrée laver partout, j'avais envie que tout soit propre, net, un petit monde avec de la musique, un manège, passer devant un arbre, une maison avec une porte et deux fenêtres, une cheminée sur le toit, un nuage avec un ventre rond et deux petites pointes, un seul oiseau d'une seule couleur dans l'arbre unique, passer-passer-repasser devant l'arbre à l'oiseau et devant la maison, s'étourdir avec rien, danser, la pluie a cessé, le ciel s'est déchiré, le soleil a coulé sur le toit des maisons devenu argent, au sommet de chaque brin d'herbe étincelait une goutte de pluie, l'eau gonflait l'écorce blanche des bouleaux, un tourbillon de vapeur bleutée s'élevait de chacun des arbres, l'air vif me piquait la peau, une bise rafraîchissait mon nez, ma gorge, comme de la menthe, je grelottais, les frissons me parcouraient le dos par vagues circulaires, je suis rentrée vite, je soufflais de la fumée, la maison sentait l'odeur de Jean, le shampooing, le savon, le café, un reste de tabac dans ses habits, le pain grillé, la vanille d'où venait cette odeur de vanille ? devant la porte de la chambre, cette odeur de violette ? des odeurs orphelines s'étaient installées là, une odeur de fraise aussi, l'odeur de ma gamine, je la sentais près de moi comme seul un animal peut sentir son petit, les mamans sont des animaux qui sentent, quand le bébé sort du ventre les mamans ont envie de le lécher, ils ne m'ont pas laissée lécher mon bébé, ils sont partis avec mon bébé dans une autre pièce et je suis restée avec mon ventre vide et ma bouche vide et ma langue sèche, lécher le sang sur les joues de ma fille, la respirer, ils me l'ont enlevée, ma petite a laissé son odeur derrière elle, sur mon ventre, entre mes cuisses, j'ai glissé ma main entre mes cuisses et j'ai reniflé ma main pour sentir l'odeur de mon bébé, j'ai regardé ma main, gluante, sanglante, la paume violette, c'était mon bébé déjà mort ce jour-là au bout de mon bras, son cœur dans ma main battait plus, une goutte de sang coulait le long de mon poignet, j'ai crié, personne n'est venu, j'avais mal dans la poitrine, j'ai trempé ma main dans l'odeur entre mes jambes, j'en ai éclaboussé les murs blancs, on m'a lavée, fait des soins, ramenée dans ma chambre, on ne m'a pas donné mon bébé, demain matin, m'a dit l'infirmière, il faut lui faire des soins, je veux l'embrasser, madame, oui, demain, d'abord ses soins, cette première nuit sans mon bébé s'est installée dans mon ventre vidé de force, retourné, mon ventre tout noir, pas d'étoiles, mon étoile aux soins, les chattes lèchent leurs petits, parfois les chattes les mangent, elles n'en laissent que la tête, la tête de ma Sandrine sourit sur la photo, Jean a mangé son corps, j'ai vu son sexe durci, son arme, j'ai fait les lits, balayé, lavé, rangé le bol de Jean à côté de mon bol, le couteau de Jean à côté de mon couteau, la serviette de Jean contre ma serviette à plat sur le buvard plié, fait les poussières, ouvert grandes les fenêtres pour le bon air, ça m'a enivrée l'odeur de la pluie sur la terre et sur l'herbe, je me suis douchée, essuyée, longuement, ça me faisait des chatouilles partout, la serviette, j'ai contemplé dans la grande glace mon corps de toute petite fille, innocent, opalin, silencieux, intouchable, recouvert d'une neige légère, vierge, mon cou fin bleuté, mon ventre duveteux, mon sexe fragile, petit fruit, défendu, mes coudes pointus, mes genoux ronds, dans le haut du dos j'ai des os plats comme les ailes des anges, les fesses comme des noisettes, petites joues, je me suis maquillée, les paupières bleues, du rouge à lèvres, comme les grandes, j'ai passé ma jolie robe, la rose avec les fleurs, de la crème sur mon nez et du parfum dans le cou, je suis jolie, aussi jolie que ma Sandrine, ma fée, mon ange, mon cristal, le dimanche matin, Simon la prenait avec lui dans notre lit, ils jouaient à se chatouiller, à faire du judo, je les entendais éclater de rire, se poursuivre dans la chambre, autour du lit, les vieilles dames de Poinchy me berçaient, doucement, si doucement, je m'endormais dans le creux de leur corps de laine, elles me chantaient à voix basse des chansons, notre bébé, petit bébé, bébé oiseau, bébé plumeau, fait son dodo, j'étais heureuse, j'aurais voulu rester dans ce creux de douceur toute la vie, quand on sortait se promener dans la rue chacune me prenait par la main, le soleil dessinait l'ombre longue des vieilles dames et l'ombre de leur bébé, je me souviens qu'elles me soulevaient dans l'air par les mains, vole, vole, bébé, elles faisaient quelques pas, me reposaient sur la route, je trottais, des grands pas, des petits pas, mes pas en pointillé, elles me soulevaient à nouveau, vole, vole, bébé, vole, je riais aux éclats, leurs grandes robes de vieilles dames volaient autour de moi, je respirais l'odeur des tissus mêlée aux parfums de la rue, le feu de bois, la boulangerie, le tilleul en fleur, le lavoir, le goudron brûlant sous le soleil, l'été, l'onguent qu'elles se passaient sur les chevilles et dans l'air des chansons, le sirop à l'eucalyptus, vole petit oiseau blanc, vole, je volais dans ma robe à volants, le balancement soulevait mes longues anglaises, mes souliers vernis bleus brillaient dans les lumières quand je lançais haut mes jambes gainées de mes demi-bas blancs, les gens disaient de moi, la plus belle petite fille de Poinchy, les soirs de ces grands bonheurs de plein air je m'endormais en serrant mon mouchoir contre ma bouche, je fixais le grand tissu brodé posé sur l'abat-jour et je demandais à Dieu que mes parents soient encore vivants, je rêvais qu'on allait à la mer, on courait jusqu'au bord, jusqu'aux vagues, tout habillés, on marchait dessus avec nos chaussures et on mangeait des glaces bleues avec des poissons dessus, maman, papa, maman, papa, je chantonnais, la première fois que j'ai coiffé Simon à mon école de coiffure il arrêtait pas de zieuter mes cuisses sous ma blouse, la troisième fois qu'il est venu prêter sa tête à un exercice, il a passé la main sous ma jupe, j'ai hurlé, toutes les filles ont rigolé, la prof m'a demandé ce que j'avais, j'étais rouge, j'ai répondu une guêpe madame, c'est rien, la fois d'après Simon a passé encore sa main sous ma jupe, sa main douce à l'intérieur de ma cuisse, il a remonté vers ma culotte, il a caressé la fente entre mes jambes, j'ai fermé les yeux, tiré ses cheveux, plongé mes mains dans ses mèches, j'ai ronronné, toute la vie que j'avais dans ma culotte, j'en revenais pas, c'était Simon, la main de Simon, ses doigts sur ma fente comme des serpents, on a filé à son école, à la serre, il a embrassé mes lèvres, léché mes lèvres, sucé mes lèvres, il m'a déshabillée, il s'est déshabillé, il a montré son sexe dur, j'ai pris son sexe long et dur dans ma main, la peau douce, il m'a dit, serre les doigts, j'ai serré, il m'a dit, bouge comme ça, j'ai bougé ma main comme il m'a dit de bouger, d'avant en arrière, doucement, oui, doucement, il a fermé ses yeux, il a respiré fort, plus vite, j'ai serré, j'ai serré, Simon m'a couchée sur la terre, il a écarté mes petites jambes, comme il disait, mes petites cuisses, écarté ma fente, il m'a embrassée, léchée, il y a fait rentrer sa langue, il a mis sa langue dans mes fesses, la pointe dure de sa langue dans mon anus, je tremblais, je tombais, je glissais, j'en pouvais plus, j'ai fait pipi sur sa langue, c'était la langue de Simon, la langue chaude de Simon, mon amour de Simon, dans mon ventre, il a enfoncé un doigt dans mes fesses, il a recommencé à sucer ma fente, longtemps, doucement, il a posé des baisers sur mon ventre, sur la pointe de mes seins, il a sucé ma langue et puis il a enfoncé son sexe entre mes jambes, au fond, il a bougé d'avant en arrière sur moi, dans moi, je le serrais entre mes jambes, on était enfoncés tous les deux, collés, mélangés, trempés, brûlants, brûlés, on avait les larmes, il m'a aimée ce jour-là sur la terre mouillée, enfoncée, aimée, avalée au milieu des fleurs, je labourais la terre légère avec mes ongles, il m'a roulée dans les fleurs, enfoncée encore, les fleurs balançaient au bout de leur tige et me frappaient la figure, fouettaient mes épaules, caressaient mes seins, j'écrasais les jeunes pousses avec mon ventre, Simon m'a soulevée, retournée, reposée dans les feuilles, mon ventre, mes cuisses, mes fesses pleines de nervures, j'ai mordu dans les pétales, arraché les cœurs des fleurs à coups de dents, avalé la terre, il m'a prise dans ses bras, mes jambes autour de sa taille, un court instant j'ai vu son sexe dressé luisant, il m'a empalée, reposée dans les mousses et les boutures, il allait, il venait, je m'accrochais aux arums, aux liliums, aux fougères, on riait devant cette tempête de nos corps levée dans les plantations de la serre, on a joui dans les pensées, on a roulé dans les salades, Simon m'a relevée, il a retiré la terre de mon dos, brossé mes fesses, embrassée, caressée, on a fait le tour des allées nus en se tenant la main, il m'a montré les framboisiers, les roses anciennes, les pieds de pavot et les tournesols, son sexe pendait entre ses cuisses comme une petite liane, tout en marchant dans les travées il caressait mon petit sein, dur, mon ventre, mon corps de gamine à peine formée, l'eau dégouttait du toit de verre sur les feuilles, ça faisait comme une pluie, chaude, qui s'évaporerait bientôt pour se recondenser là-haut, ses muscles brillaient de gouttelettes, ses cuisses luisaient, la sueur perlait à son cou, j'en ai bu sur sa peau comme les insectes boivent, son sexe redevenait dur, on a recommencé au milieu des arbres, entre les jeunes pruniers et les abricotiers, son sexe long, enfoncé, profond, plein de sève, j'ai mis mes pieds sur ses épaules, on était comme une bête à huit pattes qui vivrait dans les serres en mangeant les pousses des orangers, avec deux têtes, un cœur, son sexe en argent dans ma fente rosée, il a joui fort dans mon ventre, j'aurais pu rester là, au soleil de la serre, allongée sur le dos, mes jambes écartées, je sais qu'il serait sorti de ma fente une incroyable fleur, mon bébé, fleur violette, gluante, quand on l'a baptisée Monsieur Jean et Odile étaient présents, Odile debout dans l'église dans son tailleur couleur crème et les gants assortis, si belle, et lui, Monsieur Jean, cheveux ras, engoncé dans sa veste bleu marine avec la petite ancre de marine cousue sur la pochette comme une Légion d'honneur, raide, intimidé, un peu rougeaud, les dragées roses à la main, Odile et Monsieur Jean avaient fait cadeau à Sandrine d'un médaillon de la Vierge et sa chaînette en or, c'est important le baptême, disait Monsieur Jean, Odile faisait oui de la tête et du sourire, elle complétait, c'est pendant le baptême qu'on devient une brebis acceptée dans le troupeau de Dieu, on avait passé de la musique, une chorale d'enfants, Odile pleurait, Simon tenait mon bébé fermement dans ses bras, notre cristal, le curé avait versé l'eau sur son front, Sandrine avait hurlé, son visage avait bouffi, sa peau viré à l'écarlate, je sais maintenant que mon bébé sentait que Dieu cherchait à la noyer, les enfants sentent des choses que les adultes ne sentent pas, Dieu tuait mon bébé sous les yeux de Jean, Odile, Simon, sous les yeux de tous, je portais une robe courte, de mousseline rose, en forme de cloche, qui laissait voir mes petites jambes, on a mangé dans le jardin devant les serres, on a dansé, on a bu, on a ri, on s'est allongés dans l'herbe tondue, Monsieur Jean regardait sous ma jupe, mes cuisses, ma culotte, il cherchait ma fente, il croisait mon regard, posait sa main à plat sur sa braguette, il dansait, frottait violemment contre le ventre de sa femme Odile son renflement, plus tard dans la soirée, ils se sont cachés derrière la serre, Jean a baissé son pantalon, j'ai vu à travers le verre Odile se mettre à genoux, mon bébé dormait dans le couffin, bel ange, une étoile est apparue, premier petit point blanc scintillant dans le ciel devenu bleu foncé, une autre étoile bientôt, jaune pâle, une autre encore, jaune plus brillant, des centaines, des milliers, tout un plafond de diamants au-dessus de mon bébé, mon bébé endormi, revenu dans mon ventre, mon ange qui s'envolait, j'ai récité, prié ce poème pour ma fille envolée, plus tard, bien plus tard, j'ai prié, les oiseaux par milliers ils tombent, par milliers aveuglés, dans le petit cimetière noir de monde, toute la ville rassemblée autour du cercueil blanc, boîte courte, ensevelie sous les fleurs blanches, Simon s'est effondré, pourquoi nous ? pourquoi pas la petite Rageot qui a le même âge, elle est laide elle louche, Monsieur Jean, Odile, pleuraient derrière nous, serraient Nadège contre leur viande, jolie Nadège de bleu vêtue, petite biche, malheureuse, vivante, épargnée, fraîche, parfumée, Sandrine sentait le mazout sur la table de la morgue, il faudrait que tout s'arrête un jour, une nuit, pour respirer, plus rien ne bouge, nulle part, la vie, le vent, le ciel, le temps, se redéposent, lentement, soie dorée tendue dans les branches des arbres, sur les routes, les maisons, sur les gens, sur la mer, les montagnes, sur les petites filles, sur leurs poupées, sur leurs habits, sur leurs lèvres, sur leur sexe doré, imprenable, impensable, j'ai vu le cercueil blanc descendre dans le trou, on est rentrés à la maison, la lune faisait briller les serres, luire les tuteurs de bambou, les outils, les tuyaux, l'écorce des amandiers, saupoudrait du mica sur la terre, Simon s'est enfermé dans la chambre de la petite, je suis restée en bas, dans la salle à manger, assise, à l'écouter hurler, il est redescendu, hagard,

Jean et Odile sont venus pour nous réconforter, on a bu le café tous les quatre dans la nuit, on a presque pas parlé, Jean a simplement dit, c'est le destin, on peut rien y faire, pendant le procès maître Framboise avait levé son poing dans la direction de Monsieur Jean, il hurlait, vous avez osé faire ça ? boire le café tranquillement le soir de la mise en terre de votre victime et ça dans sa propre famille, dans sa propre maison ? non ! j'avais de la peine pour la gosse, c'est terrible ce qui est arrivé à la petite, j'ai rien fait ! je suis innocent ! criait Jean, l'avocat continuait, vous êtes un prédateur froid, un monstre, un monstre de la pire espèce, vous méritez la mort ! oui, monsieur le président, mesdames et messieurs les jurés, je le répète, cet homme que vous avez devant vous mérite la mort ! l'avocat s'était rassis, le silence avait gagné toute la salle du tribunal, personne ne bougeait plus, Jean cherchait du regard un regard mais les gens du public baissaient leurs yeux, le cri de l'avocat, la mort, avait passé la porte, il avait résonné dans les couloirs du palais de justice, sur le parvis derrière les grilles, sur la place devant le palais et dans les rues de la ville, il avait résonné sous l'arrêt de bus où j'avais croisé les gamines qui rentraient chez elles pour manger, la mort ! il mérite la mort ! ça faisait drôle d'entendre un homme crier qu'il fallait tuer Monsieur Jean, il criait ça devant tout le monde, devant les juges, devant les gendarmes en uniforme, devant tous les gens qui étaient venus écouter le procès, la mort, à force de le répéter dans ma tête, ça voulait plus rien dire, ils vont tuer Jean, tuer Jean, la mort, ils veulent couper la tête à Monsieur Jean, la mort, ça faisait comme un jeu, tous déguisés, on allait couper la tête à Monsieur Jean, Sandrine avait sa bouche pleine de vase, les branches avaient griffé sa figure, deux bouts de planche avaient transpercé son cou, on avait trouvé des petits poissons dans son ventre, ma petite morte, la mort, c'était pas la même chose, il faudrait tuer Monsieur Jean pour lui faire bien peur et après on le relâcherait, la mort ! une dame a crié, mon Dieu, non, par pitié ! au milieu du public, c'était sa mère, elle s'est évanouie,

nom, Estelle Flers, nom de jeune fille, Estelle Masaryk, née le 18 octobre 1912 à Varsovie, Pologne, profession, institutrice, épouse de José Flers, militaire de carrière, fille de Ladislas Masaryk, palefrenier, et de Rosa Masaryk, née Gierek, nourrice,

on avait dû transporter la maman de Jean Flers à l'infirmerie du palais de justice pour un problème cardiaque, Monsieur Jean s'est mis à pleurer, des grosses larmes, il avait de la morve qui lui coulait, du mal à respirer, il a caché son visage dans ses mains, les gens ont pu le regarder à nouveau, l'homme qui avait violé, étranglé ma gamine, dans sa voiture, du côté de Montereau, le 12 mai 1977, s'étouffait de tristesse, je me souviens, il faisait beau, le soir à la télévision ils avaient passé un débat entre Raymond Barre et François Mitterrand, je ne sais pas pourquoi je me rappelle ça, Simon avait branché la télé en attendant le retour de la petite, ça parlait dans la salle à manger et nous on surveillait debout devant la porte, terrifiés, comme si on savait, les parents sentent des choses que les autres gens ne sentent pas, l'air était vide de Sandrine, elle était plus là, dans la vie, on ne la sentait plus bouger, plus respirer quelque part, n'importe où, dans la ville, Simon répétait qu'il lui était arrivé quelque chose, mon bébé Sandrine poussait ici comme une fleur rose, ses pieds nus sur la terre et le ciment mouillé, sa peau emmagasinait les odeurs de la serre, on touchait sa joue, ses cheveux, ses bras, les parfums libérés nous enveloppaient, nés de la dernière pluie, ils nous prenaient au ventre et ils nous donnaient faim, je suis vivante, jolie, j'ai fait plein d'efforts pour ne plus me ronger les ongles, je suis gentille, je ne mens pas, je range ma chambre, je fais mon lit, j'apprends mes poésies, « Rondeau de la neige », poème d'André Mary,

Tombe la neige !
Triste manège,
Moucher, toussir,
Prendre élixir, au lit gésir,
Maint déplaisir,
Mon mal rengrène,
Tombe la neige,
Pardonnerai-je ?
Ou haïrai-je,
Je n'ai loisir,
De rien choisir
Sur tout désir,

Tombe la neige,

j'en sais plein, des longs, des courts, des poèmes de Prévert et de Paul Valéry, je les récite la nuit, dans mon lit, Simon me cherche, il m'appelle pour que je meure avec lui, « Comptine », Marcel Thiry,

Kilomètres et semaines,
aller tard et partir tôt,
les Rameaux tu les ramènes,
année, éternelle auto,
qui te poursuit par la ronde,
de la Vierge et des Gémeaux,
pour qu'un jour de fin du monde,
la Toussaint touche aux Rameaux,

plus jamais respirer, plus jamais, j'ai passé mon imperméable, pris les clefs de l'auto, je suis sortie, j'ai roulé dans Cormeilles, j'ai acheté des slips et des chaussettes pour Jean, des polos, des rasoirs, un savon tabac uniquement pour lui, de la crème à raser, un journal de sports, j'aimerais bien qu'en rentrant ce soir de l'imprimerie La Falaise, Jean s'installe dans le fauteuil sous la fenêtre et lise les nouvelles du sport, je crois que c'est bientôt les Jeux olympiques, ou la Coupe du monde de football, le Tour de France, le tennis, en prison il regardait beaucoup le sport, il aimait ça, je suis rentrée à la maison poser les courses et je suis repartie, j'ai roulé dans la ville, j'ai fait le tour des squares, des jardins, vides, tous les enfants fuyaient la pluie, je me suis garée un moment le long des grilles du lycée technique, la cour était vide, les lumières des classes toutes allumées, des dizaines de carrés jaunes percés dans des bâtiments gris, sous le ciel gris les arbres gris, j'ai fait un détour par la piscine municipale, la croissanterie du Centre Leclerc, l'école de musique et de danse, on aurait cru la ville abandonnée, l'enfance dissoute, j'ai rangé l'auto derrière l'église, entre deux corbillards, personne me trouverait là, je me suis enfoncée dans mon siège, comme une petite qui manque l'école et qui se cache, je me suis endormie, la buée masquait les vitres, j'ai roulé mon mouchoir en boule et je l'ai collé sur ma bouche, je tétai un coin du tissu, j'étais une petite fille désobéissante, en fuite, pendant que son papa travaillait pour gagner de quoi nourrir la famille, j'ai rêvé à des jardins suspendus à l'envers au plafond, j'ai vu le sexe argent de Simon sortir d'une branche d'arbre, il poussait dessus comme un rameau neuf, un ballon est tombé de mon ventre, c'est le mal au dos qui m'a réveillée, la pluie avait cessé, mauvaise gamine, j'avais oublié d'acheter du poisson, et les oranges ? j'ai mis la main à la poche et j'ai sorti le porte-monnaie, caressé les petits bouts d'ongle, les griffes minuscules de Monsieur Jean, pointues, j'ai serré l'ongle le plus long entre mes doigts, bien courbe, la couleur du brûlé, je l'ai amené à ma figure, ça me piquait la joue, ça me piquait les lèvres, j'ai chatouillé ma langue avec la petite rognure, bijou obscène, une main a tapé à la vitre, un croque-mort en uniforme me demandait de circuler, c'est interdit ici madame, vous savez pas lire ! j'ai démarré, roulé dans la ville, la rognure d'ongle sur la langue, on aurait pas dû laisser la chambre du haut à la petite parce que depuis la chambre du haut on voyait la chambre de Monsieur Jean, ça bouchonnait dans le centre à cause des travaux place Verdun, ils avaient mis les feux à l'orange, tout le monde s'engageait, klaxonnait, les lumières arrière des autos peignaient de longs traits rouges sur la chaussée trempée de pluie, on nous faisait tourner bêtement sur la place, une fois, deux fois, trois fois, partout ça bloquait, je ne savais plus si il fallait que j'aille chercher Sandrine à l'école où si c'est Simon qui allait la chercher, et puis tout m'est revenu d'un coup, les tirs, le mousseux, les manèges, et puis tout m'est revenu d'un coup, la visite médicale pour le sport à la petite école communale de Poinchy, et puis tout m'est revenu d'un coup, les cousins de Reims venaient passer trois jours à la maison, et puis tout m'est revenu d'un coup, Monsieur Douvetot voulait me voir à l'imprimerie La Falaise, me parler, me faire signer des papiers concernant Monsieur Jean, tout m'est revenu d'un coup, les cheveux trempés de Sandrine, les poissons dans son ventre, le vent, le cercueil blanc, j'ai réussi à prendre par Beaumarchais, évité la passerelle, contourné l'hôpital et pris par les remparts, la rocade, un bout de la nationale jusqu'à la ZAC La Falaise, garage Peugeot, entrepôts Siemens, ateliers SNCF, bâtiments Baudry, Sarl Bombel, imprimerie LA FALAISE, on m'a fait attendre dans le couloir qui sentait l'encre, monsieur Douvetot m'a reçue dans son bureau, un cube vitré, il m'a offert un café, fait couler un long pour lui, ses grosses mains brunes serraient son gobelet avec délicatesse, il a fourré l'autre main dans la poche de sa blouse bleue, sans tache, il m'a félicitée pour mon geste chrétien, il m'a demandé pourquoi j'avais pris Jean Flers chez moi, j'ai dit parce que j'étais toute seule, il a souri, il s'est assis derrière son bureau, face à moi, il s'est tu, je regardais les murs couverts de calendriers avec des croix au feutre de différentes couleurs, il a lancé sa main vers le mur, il s'est exclamé, en riant,

Les commandes !
Les fournisseurs !
Les clients !
Les délais !
Les coups de sang !
Les retards !
Tout le toutim !

Douvetot a continué, enthousiaste, ici, madame Breitman, on imprime des catalogues de vente par correspondance pour toute l'Europe ! il criait, habitué à devoir se faire entendre par-dessus le bruit des machines, et même la Chine, un jour, vous verrez ! la vente par correspondance en Chine, j'arrive même pas à imaginer ! ses yeux brillaient de gourmandise pour le métier, sa voix faisait trembler les parois de verre du bureau, il a sorti un dossier, l'a posé devant moi, il s'est penché par-dessus sa paperasse, je vous demande de signer là, et là, et là, et là, oui, je sais, c'est l'administration française, mais bon, ça peut se comprendre, vous signez là, vous écrivez la formule indiquée ici, je m'engage à respecter, etc., etc., vous paraphez ici, là vous mettez lu et approuvé, à chaque fois la date, et tout le toutim ! sitôt la demande enregistrée par le juge, ça va vite, une petite semaine, Monsieur Flers sera officiellement aide-comptable, à l'essai bien sûr, pour six mois, à l'imprimerie La Falaise, après on verra, mais attention, dites-lui bien, pas de retard, pas d'alcool, pas de bêtises ! il m'a tendu un stylo bille bleu, j'ai signé chacun des feuillets en triple exemplaire, je m'appliquais à tracer ma jolie écriture, les pleins, les déliés, les jambes des *m* et des *n*, bien faire les petits ponts, Monsieur Douvetot me regardait m'appliquer, silencieux, sa chaise craquait, sa sueur de gros bonhomme barbu m'arrivait aux narines, l'ail, le Vicks, le solvant, l'encre, il a murmuré entre ses dents, elle est incroyable, j'ai remis le capuchon sur le stylo, refermé le dossier, regardé l'heure qu'il était à la pendule, mes mains rangeaient mon cartable, j'avais faim, j'ai attendu que Monsieur Douvetot me dise de me lever pour rentrer à la maison, il n'a rien dit, j'ai balancé mes jambes sous ma chaise, on entendait les gros camions manœuvrer derrière, dans les entrepôts, les sirènes sur les machines, dans l'atelier tout proche une voix chantait par-dessus la radio, bureau sans fenêtre, à travers les cloisons on sentait la nuit, la vibration, la banlieue sous l'orage, un homme est entré dans le bureau, il a mis une pièce dans la machine, choisi une soupe, il a dit la rotative est calée, on va lancer, ça sentait la tomate, Douvetot s'est levé, il m'a tendu sa main, solide, douce, j'ai cherché Monsieur Jean, votre Flers, madame Breitman, est parti boire un coup avec les gars, c'est bien qu'ils se connaissent, il m'a raccompagnée jusque dehors, serré ma main, murmuré dans mon oreille que j'étais formidable, courage ! j'ai marché jusqu'à la voiture, seule, sous la pluie, dans la vibration jaune des lampadaires qui dessinaient le périmètre de la ZAC, je suis partie, j'ai fait tous les cafés, j'y ai vu les loups, saouls, j'ai roulé dans la nuit, j'y ai vu d'autres loups, sous la pluie, sous la lune, dans les phares, saouls, perdue, gamine, dans la banlieue de Cormeilles, dans les lumières, éblouie, feux, ronds-points, tranchées, travaux, les murs peinturlurés, tagués,

J'AI PEUR,

en rouge sur le mur de l'hospice, VIOL, ENCULÉS, PÉDÉS sur le mur des impôts, TOUS MORTS À 20 ANS, J'AI UNE GROSSE BITE, JE SUCE, JE BOUFFE LES CHATTES sur l'arrêt de bus devant la gare, LA VIE N'EXISTE PAS sur les toilettes de la mairie, VIVE HIROSHIMA, LES JUIFS AU FOUR, JE PISSE SUR LES FEMMES, JE LÈCHE LES PETITES FILLES, OUI AU SIDA sur la porte du dispensaire, j'ai roulé dans la nuit, sans savoir, au milieu de toutes les choses entassées dans l'obscurité, le contour des maisons à peine tracé, bâtiments vivants, inclinés sur la rue, direction Parisis, Villadin, Vaupillon, sous le pont de chemin de fer, HITLER

REVIENT, PINE, JE BAISE LES PORCS, MORT À L'ISLAM, direction Val-Sommières, Franconville, L'ESPOIR S'EST ARRÊTÉ HIER, sur la bretelle Villaret-en-Parisis, J'ENCULE LE CIEL, près du rond-point, direction La Ferté-L'Orient, MORT AU SOLEIL, Cormeilles-centre par Sainte-Croix-Lambert, MORT AUX PUTES, la halle, la statue de bronze, Ange décapité, la Tour aux grains, sur le trottoir, devant la piscine, SALOPES, MOULES POURRIES, déviations, façades aveugles, murs, barbelés, palissades, COUPEZ LES ARBRES, SURGELÉS FINDUS en néon sur les toits, MOTOROLA, BOUYGUES, stade, gymnase, SALES NÈGRES, sur le mur d'enceinte du couvent J'ENCULE JÉSUS, MARIE LA MERDE, échangeurs, triage, CANAL PLUS, sur la citerne, JE VEUX DORMIR, Cormeilles-centre par Chanlaid, VIVRE VIVRE VIVRE sur les murs du cimetière, LES JOURS HEUREUX, les yeux me brûlaient, j'agrippais le volant, mes doigts tremblaient, je voyais la nuit à travers les larmes, l'assassin de ma petite fille traînait dans la rue avec d'autres hommes, Odile et Nadège devaient écouter la pluie, le murmure sur les tuiles, se demander où Jean passait sa quatrième nuit, JE MANGE LES TAMPAX, CLUB AUSCHWITZ MÉDITERRANÉE, J'AI CHIÉ DIEU, TUEZ-VOUS sur le parapet du pont suspendu, centrale électrique, péniches en ligne sur le canal, à peine posées sur l'eau, cônes des lumières le long des berges, jaunes, sur l'eau noire des pointes de pinceaux, le brouillard,

J'AI FAIT UN RÊVE

sur un silo à grain, les cars en gare routière, Centre technique automobile, station-service, travaux, place Verdun, tous les feux à l'orange, les jeunes fruitiers plantés par la mairie, les grilles des maisons, jardins endormis, reflets blancs sur les vitres, j'ai retrouvé les Champs plaisants, l'avenue Colbert, la rue des Vignes à droite, je sais pas comment, le tour du monde, je me suis garée devant la maison, dans la rue déserte, un chien est passé devant la voiture, il a tourné la tête, il m'a regardée, il a levé la patte, il a continué son chemin, il pleuvait encore quelques gouttes, de la vapeur montait des lampadaires, les voisins avaient oublié de rentrer leurs vélos, une seule lumière brillait chez eux, dans la cuisine, j'ai essuyé mes yeux, coupé le moteur, j'ai mouché mon nez, j'ai pas bougé, le chien a traversé au bout la rue, je l'ai vu disparaître dans le brouillard, Jean n'était pas rentré, aucune lumière dans la maison, aucun bruit, la table pas mise, dans la chambre de ma gamine, son lit fait, je suis montée sous les combles, j'ai appelé, Sandrine n'était pas là, j'ai mangé du jambon, du gruyère, une banane, le hamster grattait dans son carton, j'ai mis mon tablier, donné des graines aux oiseaux, changé l'eau, raclé les crottes, j'en avais cinq de morts, trois rouges, deux orange, des tout jeunes, les cinq corps alignés tenaient sur le plat de ma main, j'ai éteint la lumière, je suis restée debout dans le noir, on entend mieux sans voir, les oiseaux pépient quand ils dorment, ils se blotissent, se tassent, leurs plumes font les bruits de la soie, si bien qu'on dirait dans le noir une mer lointaine et des flopées de gosses sur la plage, qui crient, vingt-quatre ans de prison, quatrième nuit, on voit mieux dans le noir, c'est vrai, on y voit tout, ça vient du dedans, net, propre, intact, il la traîne jusqu'à l'eau, déjà morte, il la pousse du pied, son ventre fait un sillon dans la terre molle, ses chaussures se détachent de ses pieds, il les ramasse, les jette au loin, le corps de la fillette flotte au bord, dans les algues et le mazout, dans les clapots, mordorés, dans les reflets du ciel, avec un long bâton que les gendarmes vont retrouver, il la pousse maladroitement vers le haut-fond comme on pousserait un bateau, l'homme la pousse vers le milieu de la rivière, les pieds nus de la fillette soulèvent la vase, sous l'impulsion du bâton ses bras se collent contre son ventre, elle s'éloigne, loin de la berge, le corps ralentit, les bras remontent à la surface, on dirait qu'elle est vivante et qu'elle nage, ses cheveux clairs ondulent dans les fronces sombres, l'eau piège la lumière, n'autorise aucun reflet, c'est un champ d'eau noire, uniforme, sur l'autre rive une barque de pêche, à demi dissimulée dans les joncs, ondoie, les pieds de l'homme laissent des traces profondes sur la berge boueuse, c'est un homme lourd et pas très grand, diront les enquêteurs, qui a l'habitude de marcher sur des terrains humides, sur la terre des chantiers par exemple, dans la glaise remuée par les engins, un maçon, un métreur, un agriculteur ou un jardinier, un cantonnier, un horticulteur, ils savent que l'homme marche en posant ses pieds bien à plat, qu'il chausse du quarante-deux, la fillette est emportée, elle est encore belle, sa robe jaune vif gonfle autour de ses jambes, on croirait un train compact de *Nympœas grandiflora*, elle tourne sur elle-même, bientôt sa tête regarde vers l'homme qui la surveille, il jette des pierres dessus, pour qu'elle coule, mais la gamine file, légère, vole sur la surface noire de l'eau, elle s'amuse encore, insouciante, magnifique, elle est morte mais elle rit, l'homme jette d'autres cailloux sur le corps de la petite fille, une barre de fer qu'il a trouvée là, une bouteille, la petite pivote, ses pieds repassent, sa tête bascule, ses yeux regardent, ses bras coulent sous son ventre, le mouvement s'accélère, elle est prise dans un tourbillon, au centre il y a des îles, des petits territoires de sable où les jeunes vont en kayak pour se bronzer, l'homme panique, il ne faut pas qu'elle s'échoue sur une île, qu'elle s'y dépose, que lentement elle s'accroche après les branches, il commence à entrer dans l'eau, pour la rejoindre, il stoppe, l'eau est froide, il repart, avance jusqu'à mi-cuisses, mais la fillette maintenant file trop vite pour qu'il la rattrape jamais, elle prend le courant central, le couloir d'eau boueuse, s'éloigne vers Montereau, les gravières, les écluses, l'homme escalade la berge pour y voir loin, il place sa main en visière sur son front, le ciel l'éblouit, il plisse ses paupières, voit le corps de la fillette partir, c'est un point jaune qui flotte là-bas, passé les îles, un minuscule point de couleur vive, on dirait du chiffon, du tissu emporté par le vent, les Gitans campent sur un parking aménagé à même cette berge, pas loin, le tissu est à eux, le cadavre est à eux, c'est pour ça que l'homme a jeté le corps de la gamine à cet endroit de la rivière, à cause du campement gitan à peine autorisé, les branches mortes s'accumulent autour d'elle, se prennent dans ses cheveux, là-bas se dessine l'écluse, les énormes portes, le courant se ralentit, se scinde en deux, s'écrase, le corps de la fillette s'écrase dans les branchages, le bois la transperce, la rivière la pousse, la plaque, la tord, la roule contre les portes en fer, la noue, avant de l'attirer plus doucement sur le bord, le courant la glisse, sur le dos, dans les branchages, son visage gris vers le ciel, le bras droit sur sa cuisse, et l'autre bras tordu, dans son dos, Sandrine regarde les nuages qui flottent, les pigeons blancs qui passent tournent au-dessus des îles, et retournent dans leur nid, plus jamais respirer, plus jamais, la bouche pleine d'eau, les narines obstruées par la vase, Simon restait sous l'eau longtemps, à la piscine, l'été, il s'amusait à nous faire peur, vingt secondes, trente secondes, quarante secondes, Sandrine criait, une minute, une minute dix secondes, une minute et vingt secondes, Sandrine trépignait sur le bord du bassin, une minute trente secondes, une minute et quarante secondes, Simon réapparaissait en surface après une minute et cinquante secondes sous l'eau, sans respirer, Sandrine sautait dans le bain, lui serrait le cou, l'embrassait, Simon disait qu'il pouvait tenir deux minutes, même plus,

sans respirer, qu'il était né sous l'eau, sous le signe de Poissons,
Simon Breitman, né le 24 février 1950 à Hendaye, Pyrénées-Atlantiques, profession, horticulteur, fils de Samuel Breitman, doreur à la feuille, et d'Irina Breitman, née Soulanges, sans profession, disparus en montagne le 7 décembre 1959, confié à la garde d'Ange Dubosc, commerçant, et d'Amélie Dubosc, née Vivianie, commerçante,
Simon poisson revenu nager dans le ventre de ma petite fille, Simon nageait bien, les CRS de la plage de Mimizan, l'année de nos premières vacances, diront de lui qu'il est un excellent nageur, ils avaient ajouté que ça ferait un bon secouriste capable de nager en tirant le poids d'un estivant, je veux dormir, *gésir*, fillette ! fillette ! *tombe la neige,* les bras tendus le long du corps, le drap frais sous le menton, la bise, le câlin, la prière, et les rêves dorés, je suis montée m'allonger sur le lit, sous les combles, j'ai lavé mes dents, mis la chemise de nuit rouge, fourré mes oiseaux morts dans la petite poche devant, c'est doux à caresser, tout mou, mes yeux fermés, je compte les cinq petits becs durs, un, deux, trois, quatre, cinq, cinq petits becs durs dans ma poche, cinq petits becs durs, cinq petits becs durs, je chantonnais, je passais mon doigt sur leurs paupières closes, douces comme l'intérieur de la peau d'une orange, je leur donnais ma chaleur à travers le tissu, une nuit j'écrirai à la peinture rouge sur les murs de Cormeilles, sur le mur du lycée, LES OISEAUX NE

VOLENT PLUS, sur le mur de la danse, LES OISEAUX NE VOIENT PLUS, j'écrirai partout, sur le mur de la poste, ON A TUÉ MA GOSSE, sur le mur de la banque, MA FILLE NE RESPIRE PLUS, sur le bus, J'AI SEPT ANS. sur le théâtre,

JE SUIS JOLIE,

sur la fontaine,

JE SUIS GENTILLE,

et quand Jean rentrera ce soir, je descendrai lui faire des pâtes, avec du gruyère dessus, il mangera en faisant des fils, un, deux, trois, quatre, cinq, cinq becs, un, deux, trois, quatre, cinq, cinq becs, je me suis assoupie, l'homme remonte dans sa voiture, le pantalon trempé, il roule, il fixe la route, horrifié, ses mains empestent le mazout, ses pieds étalent de la boue sur les pédales et quand il freine, son pied glisse, il faudra laver l'intérieur de la voiture, les pneus, mettre en machine le pantalon vaseux, laver ses mains, l'homme a le cœur qui bat fort, il sue, il s'arrête sur le bord de la nationale, ouvre grande la vitre, il respire profondément, reprend son calme et ses esprits, ses ongles sont noirs de boue mais c'est son métier qui veut ça, il est maçon, métreur, agriculteur, jardinier, cantonnier, horticulteur, un, deux, trois, quatre, cinq, six petits becs, un pêcheur trouvera le corps de Sandrine le lendemain matin, un cadre retraité de la centrale électrique, Sandrine aura passé la nuit dans l'eau,

Nuit du 11 au 12 mai,
ciel entièrement dégagé.

température douce pour la saison,
nuit claire,

dira la météo, Sandrine, ses yeux ouverts sur l'immense nuit pleine d'étoiles, bercée par le mouvement lent de la vague, somnolente, le reflet de la lune sur son front, ses pieds ont coulé, ses jambes disparaissent sous la surface réfléchissante à partir des genoux, la robe boueuse alourdit les cuisses, on dirait qu'elle va prendre son appui au fond, basculer vers l'avant pour se remettre droite,

Douce pour la saison,
nuit claire,

l'eau sous pression jaillit de l'autre côté des écluses, fuse de la paroi par deux siphons et mousse blanchâtre en contrebas, la fosse bout à gros bouillons, plusieurs kilomètres plus loin, dépassée l'ancienne ville, les barres d'immeubles au sommet de la colline bouchent l'horizon, des milliers de fenêtres scintillantes sur le fond bleu du ciel, la ZUP Montereau, l'éclusier soupe tout seul dans sa cuisine, devant la télé, aux gendarmes venus l'interroger l'homme confiera qu'il n'a rien vu, rien entendu, rien pressenti, le téléfilm, après j'ai dormi, quel malheur, si j'avais su, vous pensez bien, misère, une gamine, c'est un crime ou bien ? avec moi ça irait vite, pas le temps de discuter, un coup de fusil, comme aux chiens, les gendarmes compteront les bouteilles de vin sur la table, deux, c'est ce pêcheur qui tapera à sa porte pour lui dire qu'une gamine s'est noyée, Jean-Baptiste Ancelin, originaire de Moret-sur-

Loing, sinon, a dit l'éclusier, peut-être même que je l'aurais pas vue,

Quelques ondées en fin de nuit,
nappes de brouillard possibles en plaine,
chute des températures,

vous savez, a ajouté l'éclusier, je sors pas forcément tous les jours,

Sandrine Breitman, née le 12 juin 1971 à Auxerre, dans l'Yonne, trouvée morte le 12 mai 1977 à Montereau, Seine-et-Marne,

on aurait pas dû laisser la chambre du haut à la petite parce que depuis la chambre du haut on voyait la chambre de Monsieur Jean, Monsieur Jean regardait le corps de Sandrine et il se masturbait, un, deux, trois, quatre, cinq petits becs, un, deux, trois, quatre, cinq petits becs durs, j'ai volé avec mes oiseaux morts, on a fait des acrobaties, on a rasé les toits, en ligne, monté vers les nuages, piqué sur la ville en formation d'éventail, deux rouges aux extrémités, un rouge devant, deux orange à l'arrière et moi derrière, bras écartés, dans ma chemise de nuit rouge, cheveux au vent, j'ai eu froid, j'ai plongé, des voix m'ont réveillée, elles arrivaient depuis la salle à manger, des hommes qui parlaient fort, ils riaient, les loups, j'ai pris l'escalier, pieds nus, je me suis arrêtée en plein milieu des marches, c'étaient bien les loups, Monsieur Jean avec trois hommes du travail, installés autour de la table, ils fumaient, buvaient des bières, leurs yeux, leurs dents brillaient, les quatre ont tourné lentement vers moi leurs têtes de loup, Monsieur Jean leur a dit, c'est Chantal, c'est elle qui m'aide, elle me loge, ils ont souri, mouillé leurs lèvres d'un coup de langue vermillon, Jean a grogné dans le fond de sa gorge, porté sa main devant ses yeux, sorti ses griffes, il a repris, eux aussi ils travaillent chez Douvetot, ils ont tué des gosses, ils ont fait oui de la tête, levé leur canette pour trinquer, bu une gorgée de bière, dressé leurs oreilles, fait bouger leurs narines, entrebâillé leur gueule, ils avaient senti quelque chose, reniflaient avec gourmandise, leurs regards se sont posés sur le renflement de ma petite poche de devant, un, deux, trois, quatre, cinq petits becs durs, les loups flairaient mes oiseaux morts, je me suis assise sur les marches, ma main sur mes oiseaux, Jean m'a fait signe de les rejoindre à table, j'ai serré mes serins, il a dit, viens Chantal, viens, approche, que je te les présente, les loups ont dit, venez ! à tour de rôle, bonsoir madame Breitman, a lancé le plus grand loup, on espère qu'on vous gêne pas, la salive gouttait au bout de leur langue, s'étirait à la pointe de leurs crocs, comme un venin, le plus grand loup a frémi, pris une grande inspiration, Monsieur Jean nous a invité à boire un verre chez vous, madame Breitman, c'est son jour d'embauche à l'imprimerie, madame Breitman, on a voulu fêter ça, c'est la tradition, le loup a baissé les yeux, fait avec sa patte comme une révérence, en voulant me faire un signe Jean a tapé la lampe du plafonnier, la lumière s'est mise à balancer au-dessus de leurs têtes, passait devant leurs yeux, jetait des feux, les loups ! criaient les vieilles dames de Poinchy, mon Dieu, mon Dieu, les loups ! elles couraient dans la maison, hystériques, les loups ! notre bébé oiseau Chantal ! ils te mangeront ton petit trou ! les loups ! je ne savais plus si le maire allait venir à la maison avec les gendarmes, je ne savais plus quel jour exactement on allait enterrer Simon, Sandrine pleurait, des voix m'ont réveillée, elles montaient depuis la salle à manger, des hommes parlaient, j'ai pris l'escalier, pieds nus, je me suis arrêtée au milieu des marches, j'ai reconnu le jeune homme maigre, barbu, en bleu de travail, ses grosses lunettes qui lui faisaient des petits yeux pâles, c'est lui qui était venu chercher Jean pour l'amener rencontrer Monsieur Douvetot, tout m'est revenu d'un coup, je me suis assise sur les marches, ai caressé mes oiseaux, un gros monsieur en bleu me regardait, cheveux blancs, assis à côté d'un tout petit noir en blouse verte avec des grandes oreilles, ils buvaient une tasse de café, chacun leur tour ils se sont levés, m'ont saluée, j'ai croisé les bras sur mon ventre, les loups, j'ai dit, c'est vous les loups, le gros monsieur aux cheveux blancs a pouffé, si nous on est les loups, il a crié avec la même voix forte que Douvetot, vous alors, vous êtes le Chaperon rouge ! ils ont ri, j'ai ri, Monsieur Jean a ri, c'est la première fois que je le voyais rire, depuis tant de temps, vingt-quatre ans, un tout petit rictus qui le faisait sursauter sur sa chaise, rosir, il plissait ses yeux, mettait la main devant sa bouche, tout son visage s'était ratatiné comme une pomme au four, le gros bonhomme aux cheveux blancs lui a tapé dans le dos, lui aussi il riait de bon cœur, les rires réveillaient la maison, je suis descendue m'asseoir sur le canapé, endormie, dans ma chemise de nuit rouge qui sentait le sommeil, mes cheveux en épis, genoux serrés, mes pieds nus l'un sur l'autre, j'ai écouté les invités de Monsieur Jean parler de tout un tas de choses, sans comprendre, assoupie, je sentais leur chaleur, les odeurs du travail, le café au milieu de la nuit, j'ai fermé mes yeux, le hamster grattait dans la cuisine, le tic-tac du réveil, le vent dehors, j'ai glissé vers l'avant, sursauté, basculé vers l'arrière, je ne voulais pas monter me coucher, pas tout de suite, encore un peu avec vous, j'aime bien m'endormir quand vous parlez, j'arrive pas à dormir, j'ai peur toute seule, oh, s'il te plaît, papa, maman, encore un peu avec vous en bas, j'ai basculé sur le côté, je me suis allongée, la main sous la joue, j'ai fermé les yeux, ils ont baissé la voix, je respirais leur odeur de tabac, leur odeur de papa, ils murmuraient des conseils de travail, des idées sur Douvetot, sur les autres collègues, sur la paye, la sécurité de l'emploi, les transports en commun, petit à petit leur voix montait, ils s'emportaient comme devant les machines, jusqu'à ce que l'un d'eux recommande de parler bas, chut, les gars ! elle dort, leurs voix de grandes personnes me berçaient, je m'éloignais, doucement, de la table, je m'approchais du sommeil sans y entrer vraiment, les mots étouffés me maintenaient en lisière, ils me disaient, reste avec nous, bébé oiseau, reste, ils me gardaient en leur compagnie, m'enveloppaient, me veillaient, les invités racontaient leur premier jour d'embauche et cet autre jour où Douvetot avait fait installer un poste de télé dans le fond de l'atelier pour qu'ils regardent tous ensemble la Coupe d'Europe de football, chaque mot se déposait sur ma joue, sur le dos de ma main, parlait de moi, ça ronronnait, m'engourdissait, m'ensevelissait sous un tapis de murmures, plus tard Jean s'est levé, a tiré sa chaise, il est allé dans la chambre, il a ouvert l'armoire, ça a grincé, rapporté une couverture qu'il a dépliée sur moi, elle sentait l'humidité, le bois, le vieux papier, elle était lourde, Jean a passé sa main derrière mes genoux et replié mes jambes, ramené mes pieds nus dessous, dans l'air chaud, je serrais mes oiseaux, je rapetissais, je descendais dans la plume, je m'enroulais, les voix se sont tues, j'ai senti qu'ils me regardaient, le bonhomme aux cheveux blancs a murmuré, on dirait ma gosse, j'ai souri, Émilie, elle a quinze ans, mais franchement, vous la verriez, elle en fait douze, j'ai soupiré, moi j'ai sept ans, j'ai collé à mes lèvres un coin de la couverture, Jean a toussé, raclé sa gorge, bu une gorgée de café, pris la parole, il a demandé vous voulez pas savoir ce que j'ai fait ? le jeune homme avec la barbe et les lunettes épaisses a aussitôt coupé court, nous, ça nous regarde pas, j'ai murmuré,

La girafe et la girouette,
Vent du sud et vent de l'est,
Tendent leur cou vers l'alouette,

Vent du nord et vent de l'ouest,
Toutes deux vivent près du ciel,
Vent du sud et vent de l'est,
À la hauteur des hirondelles,
Vent du nord et vent de l'ouest,
Et l'hirondelle pirouette,
Vent du sud et vent de l'est,
En été sur les girouettes,
Vent du nord et vent de l'ouest,
L'hirondelle fait des paraphes,
Vent du sud et vent de l'est,
Tout l'hiver autour des girafes,
Vent du nord et vent de l'ouest,

c'est ça qu'il a fait, j'ai dit, depuis ma lisière, ils m'ont applaudie, leurs mots se sont espacés,

tard,
billard,
chinois,
Belgique,
poids lourds,
rue du Palais,
vingt ans de mariage,
quatre enfants,
Guyane,
demain,
merci,

l'empilement des tasses, l'évier, la porte s'est refermée, la camionnette a démarré, les chiens ont aboyé, le fil a cassé, le lit a basculé, c'était comme une cascade d'eau verte et silencieuse qui m'emportait, je me suis endormie, dissoute, ma tête a cogné les cailloux, je me suis réveillée, perdue, en pleurs, j'étais où ? j'ai cherché la chambre des vieilles dames pour aller dans leur lit, j'avais envie de faire pipi, j'ai fait dehors sur le perron, pieds nus sur le ciment froid, j'ai tourné dans la maison, dans le noir, où sont les boutons ? trouvé la chambre, et doucement, pour pas les réveiller, je me suis glissée dans leur lit, le drap sentait le vinaigre, le tabac, le dissolvant, la pommade, c'est moi bébé, bébé oiseau, mémé Estelle et mémé Sophia, je me suis allongée sur le bord, la couverture tirée sous le menton, mes mains sur mon ventre, mes jambes serrées, toute raide, j'avais des frissons, j'ai plus bougé, j'écoutais respirer, le ronflement régulier, les petits pets, le noir c'est pas noir, c'est gris, on voit des formes qui dansent, qui s'approchent du bord du lit, qui se penchent, qui font des gestes sur votre visage avec leurs mains, jamais leurs mains grises ne vous touchent, elles font des dessins, tâtonnent, si on ne bouge pas on ne risque rien, des fois c'est leur visage qui s'approche de votre figure, à quelques centimètres, ils regardent, il ne faut plus cligner des yeux, plus respirer, on entend la voix de tous ceux qui attendent autour du lit, ils veulent juste regarder, tous les enfants savent ça, les enfants les voient, les sihouettes molles apparaissent et s'évaporent, les fils qui dansent, les voiles légers qui se répandent dans la chambre comme des fumées, les fissures claires du plafond qui s'agrandissent, j'ai fermé les yeux, Sandrine a penché son visage sur moi, elle a murmuré, maman, va-t'en, c'est moi qui dors avec Monsieur Jean, maman, va-t'en, c'est moi qui dors avec Monsieur Jean, elle a tourné dans la chambre comme un chien qui veut récupérer sa place sur le lit de son maître, j'entendais ses pieds traîner sur le parquet, du lit à la porte, de la porte à la fenêtre, elle s'est assise dans un coin de la pièce, elle reniflait, maman, va-t'en, c'est moi qui dors avec Monsieur Jean, elle a plus bougé, elle s'est tue, je l'entendais qui respirait là-bas contre le mur, dans l'obscurité de la pièce, immobile, muette, elle s'était endormie, Jean s'est retourné d'un coup, il a touché mon ventre, allumé, il a crié, qu'est-ce que tu fais là dans le lit ? j'ai murmuré que j'avais peur, il a crié, qu'est-ce que tu as, tu dors ? tu rêves ? laisse-moi dormir là, Jean, s'il te plaît, toute seule, j'ai peur, j'ai trop peur ! il m'a dévisagée, son regard perdu, les cheveux hirsutes, les joues fripées par le sommeil, ses yeux collés, rougis, il a détaillé la chambre, le papier peint, les vieux rideaux, le crucifix, le vase avec les fleurs séchées, il a reposé lourdement sa tête sur l'oreiller, expiré profondément, éteint la lumière, et il m'a dit bonne nuit, Odile et Nadège devaient se demander où Jean passerait sa quatrième nuit, l'assassin de ma petite fille ne dormirait pas dehors, sous la pluie, il était avec moi, dans mon lit, j'ai vu le jour se lever, l'aube dessiner le rectangle de la fenêtre, entendu le premier bus passer, la lumière dessinait le contour de Monsieur Jean, il me tournait le dos, son large dos, dans le jour naissant j'ai vu l'homme traîner le corps de la gamine sur la terre molle de la berge, il la tire en la serrant par les poignets, son dos se durcit sous l'effort, sous l'effet de la peur, la sueur trempe sa chemise tout le long de la colonne vertébrale, il lâche les poignets du cadavre, se penche, saisit la petite sous les bras, il la soulève, il la jette dans l'eau, il se relève violemment, son dos craque, il se penche pour ramasser un long bout de bois, ses omoplates saillent, j'ai posé le bout de mon doigt sur la saillie de son omoplate, à travers son maillot de corps, j'ai senti la vibration, ses pieds trempaient dans l'eau de la berge, il poussait le corps de Sandrine vers le milieu de la rivière à l'aide de son bâton, j'ai doucement caressé l'os, le muscle plat autour de l'os, la contracture, l'homme haletait, son cou écarlate, il a ramassé des cailloux qu'il a jetés sur le cadavre qui flottait, la lumière du jardin découpait dans le gris de la chambre le portrait de Sandrine sur la table de nuit, Jean dormait, sifflait paisiblement par son nez, à qui appartenaient ces chaussures pleines de boue que j'ai trouvées dans notre jardin ? ces odeurs de mazout dans notre cuisine, le soleil faisait briller les poils blancs sur sa nuque, les vertèbres polies, transperçait le lobe de son oreille, j'ai posé ma main sur l'arrondi de son épaule, l'homme a lancé la barre de fer sur la tête de la gamine, il s'est retourné, c'était Monsieur Jean qui pleurait, qui priait, qui jurait de son innocence, j'ai entendu le camion poubelle, la porte métallique d'un garage se refermer, une portière claquer, la voiture démarrer, les merles se sont mis à chanter, Jean a sorti son bras de sous le drap, il l'a fait glisser le long du corps, son bras couleur farine avec au bout sa main rouge comme du vin, son bras fort, aux muscles enrobés, j'ai dessiné, avec mon doigt, le tracé de son bras, de sa main, qui avait étranglé ma gamine, serré jusqu'à la mort, j'ai vu sa main ramasser les chaussures et les jetter au loin, j'ai vu le visage de la morte qui tournait, qui riait, c'était moi, ma gamine, ma bouche ouverte et l'eau s'y engouffrait, je flottais, je tournais, je filais, comme un débris, dans le courant boueux, innocente, bras en croix, le nez sanglant, à quoi rêvait Jean, ce matin, dans ce petit soleil qui amincissait ses paupières ? il a bougé, il s'est tourné, j'ai ramené le repli du drap sur ma figure, il a toussé, il s'est assis dans le lit, je sais qu'il me regardait, incrédule, il a grommelé, le matelas a tangué, Jean s'est levé, il a pris ses affaires sur la chaise, il est sorti, sans bruit, sur la pointe des pieds, comme tous les matins j'ai entendu la chasse d'eau s'écouler, la flamme du chauffe-eau crier, tous les sons du petit matin dans les maisons qui sont normales, je me suis tournée dans le lit, mes mouvements soulevaient l'odeur piquée de Monsieur Jean, je me suis glissée de son côté, allongée dans sa chaleur, blottie dans sa forme, frottée sur le drap encore humide de sa sueur, j'ai pris sur ma peau son odeur, sur ma peau cousu sa peau, comme la peau de ma fille avait gardé sa peau, tous les trois maintenant on portait une même odeur, les animaux se sentent entre eux, se flairent, se reconnaissent au milieu des immenses troupeaux, l'éloignement n'y fait rien, un souffle du vent les unit, le simple mouvement de l'air les accouple, je me suis levée, j'avais faim, j'ai fait griller le pain, préparé le café, l'air chaud qui sortait de la douche transportait l'odeur de Monsieur Jean, je saurais le suivre partout, les yeux fermés, traverser les places, les foules, les marchés, Monsieur Jean contre moi, des grands pas, des petits pas, mes pas en pointillé, nez collé à la poche, c'est là qu'il range ses cigarettes, mes paupières closes, je ne fais que suivre le parfum du tabac, l'odeur de vinaigre, les bonbons pour la toux, le monde s'écarte, se retourne, sourit, applaudit, il se passe ce matin une chose extraordinaire, une petite fille marche dans la ville, la joue contre la poche de son papa, deux vieilles dames à chapeau suivent la jolie petite fille, elles dansent, elles chantent, un homme sans tête suit les vieilles dames, lui-même suivi par une gamine à la peau bleue, son nez sanguinolent, elle zigzague, musique, mascarade, manèges, friandises, confettis, mousseux, quand dormirai-je à nouveau? la radio parlait des ponts à répétition du mois de mai, les patrons s'en plaignaient, on en profitera pour aller dimanche à Hauterive, on sonnera chez Odile et Nadège, après le repas, on aura des gâteaux à la main, comme font les autres gens, on les mangera dans la cour en buvant le café, on parlera de tout, de rien, du temps, des arbres, de la nouvelle vie, couvant du regard la petite fille de

Nadège, sept ans, elle joue là où Sandrine aimait jouer, recommencement, vie brute, petite Sandrine, campanule à feuilles de pêcher, Sandrine a posé son nez sur la poche de Monsieur Jean, elle a senti l'odeur du tabac, le vinaigre, les bonbons pour la toux, elle a senti une odeur de troupeau, elle est montée dans la voiture, ils ont roulé, il faisait beau, chorale des plantes, chuchotis des eaux, reflets brouillés du ciel, il lui a fait baisser sa culotte, il faut passer derrière les lignes pour aller chercher les enfants morts, je me faufile, je ferai voler de force l'ange dans son cœur, tout sera blanc, redeviendra comme avant, Jean a raclé sa gorge, rempli sa bouche, il a craché, fait couler l'eau du lavabo, j'ai mis les bols, le beurre, le sucre, la confiture, les serviettes, les couverts, Jean est venu s'asseoir, j'ai senti sa peau moite, l'eau de Cologne dans son cou, la radio parlait des mesures prises contre le dopage dans l'athlétisme et dans le vélo, il a haussé les épaules, avalé sa bouchée, balancé sa tête, lancé tu parles ! il était rasé, ses joues brûlaient, le col serré, il a demandé si j'avais bien dormi, j'ai souri, j'ai dit oui, la nuit avait adouci ses traits, mis du gris dans ses pupilles, fait surgir un grand-père pour la petite, on est sortis, Jean marchait vite, je trottais pour pas le perdre, ma figure proche de son épaule, son odeur m'ouvrait un chemin, le dos de ma main frôlait sa poche, je l'ai suivi dans le long couloir de l'imprimerie, à travers les ateliers, jusque dans son bureau, un cube vitré en plein milieu des autres cubes vitrés, on nous voyait de partout, sous l'ampoule, comme des piquets, on est restés debout, jusqu'à ce que vienne le gros monsieur avec des cheveux blancs, il a rigolé, crié sur moi, le Petit Chaperon rouge ! il a tiré une chaise contre la paroi de verre, entre deux cartons, je me suis assise, mains sur les cuisses, pieds joints, le gros bonhomme a cherché à la machine un chocolat pour moi, il me l'a tendu, dans un sourire il m'a demandé, tu restes au travail avec les loups, Chaperon rouge ? j'ai dit oui, monsieur, pour voir comment c'est, le loup s'est penché sur moi, bienvenue chez nous, Chaperon ! bientôt les bureaux vitrés se sont animés, remplis de blouses,

vertes,
bleues,
grises,
blanches,

qui allaient, venaient, ondulaient dans la chaleur de mon chocolat, le bonhomme s'était assis au bureau près de Jean, il lui expliquait le travail qui l'attendait, tout ce qu'il devait faire, tout ce qu'il ne devait pas faire, Jean mâchouillait la gomme au bout de son crayon, concentré, attentif, les gens dans les bureaux regardaient vers nous, on lisait sur leurs lèvres, prison, prison, sorti de prison, je remuais mes doigts de pied, j'avais des fourmis, l'air du bureau sentait comme dans un cartable, il faisait chaud, on entendait à peine les employés s'activer un peu partout, à travers les vitres, ça bourdonnait, une grosse dame m'a fait un signe, elle allait de bureau en bureau avec sous le bras une boîte en plastique bleu dans laquelle elle puisait des grandes enveloppes qu'elle rangeait dans un casier en fer, c'était son travail à elle, elle avait l'air gentille, comme Madame Patagrins, une femme de service de la petite école qui nous accompagnait à l'infirmerie quand on était malade, on pleurait, elle nous faisait des câlins, le bonhomme aux cheveux blancs expliquait à Monsieur Jean comment se servir de la volumineuse machine à calculer, Monsieur Jean restait le doigt en l'air, ses lèvres pincées, il louchait sur les touches avant d'enfoncer les plus, les multipliés et les moins,

6 732 x 764 = 5 143 248

il écarquillait ses yeux sur les chiffres, faisait oui de la tête, non ? mais si ! j'ai appuyé là et là, pas là ? ah bon, peut-être, les poussières voletaient dans la lumière, des poussières roses et bleues, avec sur le bord du nuage des poussières étincelantes comme des éclats de verre, d'où sortaient ces avions brillants ? qui a déjà volé au milieu des poussières ? notre Chantal compte les mouches au plafond ! Chantal, il faut vous réveiller ! *la Loire est le plus long fleuve de France, né au mont Gerbier-de-Jonc, le Mont-Blanc est un massif montagneux des Alpes françaises et italiennes, culminant à 4 807 mètres,*

7 % de 79 673 = 5 577,11

Jean grattait son front avec son crayon, le bonhomme aux cheveux blancs ouvrait devant lui des dossiers serrés par des élastiques larges comme un doigt, carnets de commandes, listing de contentieux, bordereaux, factures, prévisions d'automne, je récitais dans ma tête la liste des cours d'eau, *Rhin, Loire, Meuse, Rhône, Seine, Garonne, Marne, Lot, Tarn, Yonne,* les montagnes, *Alpes, Pyrénées, Jura, Massif central, Vosges,* après, l'histoire, *les Mérovingiens, les Carolingiens, les Capétiens, les Valois, les Bourbons,* ça me revenait doucement en mémoire, remontait comme une source chaude, Jean mouillait son doigt, tournait les feuillets jaunes et bleus, je balançais mes pieds, le dos droit sur ma chaise, privilégiée, je pouvais rester autant de temps que je le voulais parce que j'étais avec Monsieur Jean, futur comptable, un poste très important, je bichais, tous les enfants aiment ça, aller au travail de leurs parents, Jean m'a regardée, l'air grave, pris dans ses chiffres, il m'a demandé, ça va Chantal, tu t'ennuies pas ? non, je faisais mes devoirs, ravie, on était une famille, les liens du sang, le sang de la gosse, impacts cerise, deux taches de la taille d'une pièce de un centime, Jean a posé ses mains sur le bureau, pouffé en montrant l'énorme tas de paperasses, quel boulot ! le dimanche après-midi, on ira se promener avec les autres gens sur la colline de Bonneil, pique-niquer au bord de la rivière, se reposer de son travail, sous les arbres, Sandrine assise sur l'herbe, entre nous, silencieuse, en secret, mes yeux se fermaient, je tirais sur mes paupières lourdes, maman, papa, je ne peux plus courir, j'ai mal à mon côté, *Napoléon Ier meurt le 5 mai 1821 en exil sur l'île de Sainte-Hélène, Henri IV, roi de France, est assassiné à Paris en 1610 par Ravaillac.*

comment bat le cœur des oiseaux de mer qui ne se posent jamais ? jamais ils ne replient leurs ailes ? où sont mes copines, Amélie, Rosine, Viviane, Lydie, Agnès, Julie, Alice ? Mademoiselle Derniermot ? *le carré est un quadrilatère dont les côtés ont même longueur et dont les angles sont droits, la Creuse est un département français de la région Limousin dont le chef-lieu se nomme Guéret, qui peut me dire où la Seine prend sa source ? moi ! moi ! moi, madame, je sais !* sur les photos d'école j'étais la plus jolie, la plus petite, assise au premier rang, je me souviens de ma copine avec les nattes, assise au second rang, juste derrière, Murielle, un homme l'a enfermée dans le local à poubelles, aspergée d'essence et brûlée, je veux dormir, *qu'appelle-t-on un arc-en-ciel ? que veut dire le mot universel ? qui a été chassé du paradis terrestre ? moi, je sais ! Adam et Ève, madame !* Mademoiselle Derniermot nous récompensait d'une bise et jamais je n'oublierai le contact de ses lèvres sur ma joue, elle nous laissait une trace de rouge à lèvres sur la figure, déjà, j'aimais les fleurs, je veux tomber, qu'on me porte dans les bras, qu'on me cajole, je serai morte, et on me ressuscite, j'ai six ans et demi, je suis jolie, sage, j'aime bien entendre battre mon cœur, le gros bonhomme aux cheveux blancs a laissé Jean se débrouiller un moment tout seul, il est sorti de la pièce, c'était encore mieux d'être que Jean et moi au travail, tous les deux, non, tous les trois, avec la mouche, qui tournait au plafond d'un vol silencieux, éclat bleu, elle est allée se poser sur sa joue, il l'a chassée, elle est revenue s'y poser, Jean l'a chassée à nouveau, moi je savais ce qu'elle cherchait, la mouche, la banane dans mon cartable, *mademoiselle Chantal, de quoi parlions nous ?* la mouche est allée se coller à la vitre, elle a grimpé, maladroitement, glissé sur le carreau, regrimpé, *mademoiselle Chantal, qu'est-ce qu'un synonyme ?* elle s'est envolée droit et a cogné à l'ampoule, *mademoiselle Chantal, je vous parle, qu'appelle-t-on une monarchie ?* elle a tourné là-haut avant de venir sur mon bras, sur le dos de ma main, elle avançait en suçotant ma peau, elle battait des ailes, elle s'affolait, *mademoiselle Chantal, est-ce que vous êtes en classe avec nous ? les mouches au plafond ! il faut vous réveiller !* la mouche frissonnait sur chaque gouttelette de ma sueur qu'elle rencontrait, Jean s'est reculé, calé contre le dossier, il m'a regardée, toute droite sur ma chaise, sage, silencieuse, bien occupée par ma mouche, ses yeux brillaient, ses mains tremblaient, il les a tendues devant lui, il me les a montrées, ses grandes mains meurtrières, j'ai balancé mes jambes, sans trop bouger, à cause de la mouche, Jean faisait non de la tête, ses larmes coulaient, son visage s'est empourpré, la mouche pliait ses genoux, tâtonnait avec la langue, faisait vibrer ses ailes sans décoller, elle marchait sur ma peau, je sentais les crochets, Jean a regardé ses mains, il a serré ses poings, les a percutés violemment l'un contre l'autre, les employés dans les autres bureaux le regardaient agir, la mouche chatouillait mes doigts, les mouches voient en mille morceaux, Jean s'est mis à hurler, ma mouche l'a vu hurler avec ses mille bouches tordues, il a donné des grands coups de poing sur le bureau, les employés s'agglutinaient dans les couloirs entre les murs vitrés, il a jeté sa chaise, la mouche a basculé vers l'avant et se frottait les pattes arrière, ses ailes tremblaient, Jean a donné des coups dans le mur vitré, dans l'armoire en fer, sur la photocopieuse, il geignait, les employés ont commencé à abandonner leur bureau et à sortir dans la cour, je me balançais, d'avant en arrière, doucement, comme ça, avec ma mouche qui vibrait sur ma peau, d'arrière en avant, comme une petite fille impatiente de retourner à la maison avec son père, j'avais envie de faire pipi, c'était pas encore midi mais j'avais faim, peut-être à la cantine c'était bon, du céleri rémoulade, du bifteck avec des petits pois, du brie, des abricots, servis sur un plateau qu'on apporte soi-même à sa place, Jean a commencé à se donner des coups sur sa figure, des coups sur le bureau avec sa tête, j'aurais bien aimé manger à la cantine avec le monsieur aux cheveux blancs, le papa d'Émilie qui a quinze ans, il m'aurait servi de l'eau, il se serait levé parce que j'aurais oublié le pain, peut-être même il aurait coupé ma viande, je lui aurais donné mon fromage, et lui il m'aurait donné ses trois abricots pour que je les mange à quatre heures, Jean s'est laissé tomber dans un angle du bureau, ses mains le long des jambes qu'il avait repliées sous lui, la mouche s'est envolée, elle a tourné au plafond en silence, elle est allée se poser sur la main de Monsieur Jean, elle a commencé à frotter sur les blessures qu'il s'était faites aux phalanges en cognant sur la porte en fer, j'ai glissé mes mains sous mes cuisses, c'est ce que je faisais dans la classe, ça décollait mes cuisses de la chaise, ça relevait mes genoux, éloignait mes semelles du parterre, Jean saignait du nez, ça coulait sur sa bouche sur son menton, sur le haut de sa chemise, est-ce que la mouche irait se poser sur sa lèvre ? quand Monsieur Douvetot est arrivé, c'était fini, il s'est agenouillé devant lui, il lui a pris la tête entre ses mains, comme on fait avec la tête d'un chien cogné par une voiture, ça va, mon vieux ? il parlait bas, ça va ? ça va aller, ça va aller, c'est fini, il le berçait de sa voix feutrée, c'est pas une bonne journée pour toi, on dirait, ça ira mieux plus tard, tu verras, mon pauvre bonhomme, ça ira mieux, il a fait venir les pompiers, on est partis aux urgences de l'hôpital de Cormeilles, la banlieue a défilé à travers la fenêtre, on pouvait rien reconnaître, la sirène change les images, Jean allongé sur le brancard et moi assise sur le côté, ça penchait fort dans les virages, je m'accrochais aux ressorts en fer du strapontin, quand le pompier a fait une piqûre dans son bras, j'ai fermé les yeux, Jean s'est assoupi, il respirait calmement, j'ai pensé à la mouche qui volait dans le bureau, elle habitait là depuis quand, elle mangeait quoi ? combien de jours vivent les mouches ? à l'hôpital, une infirmière m'a amenée faire pipi, j'ai fait pipi comme une vache, les dames de l'accueil m'ont posé des questions sur mon mari, c'était pas mon mari, c'était qui ? mon ami, son adresse à votre ami ? il habite chez moi, c'est où chez vous ? 14, rue des Vignes, c'est dans le haut Cormeilles, aux Champs plaisants, numéro de Sécurité sociale, je sais pas, sa profession, madame ? il est maçon, son âge ? je sais pas, des antécédents médicaux ? je sais pas, opérations ? accidents ? traitements en cours ? je sais pas, allergies médicamenteuses ? je crois pas, c'est grave ? attendez là, Jean est sorti du service le soir même, c'était le stress, le docteur a dit une forte fatigue, l'angoisse a provoqué son état de panique, on est rentrés en bus à la maison, ils étaient là, assis au fond, les gens qui pleurent devant tout le monde, sur la ligne 11 de l'hôpital, mains croisées, le regard fixe, ils laissent couler les larmes, ils regardent les maisons, au travers des maisons, l'autre côté des maisons, ils regardent les gens et au travers des gens l'autre côté des choses, fixent autre chose, Jean appuyait son épaule contre mon épaule, je sentais parfois le poids de sa hanche écraser ma hanche, quand l'autobus tournait, la lumière glissait sur ses cheveux collés derrière son crâne, sculptait son nez légèrement enflé, Jean se tenait penché en avant, bras ballants entre ses jambes écartées, ses mains fortes verrouillées sur les papiers du docteur, il fixait le dos de la passagère devant, absent, on aurait pu parcourir la ligne vingt fois, revenir, repartir, passer, repasser devant l'arrêt de l'hôpital sans que Jean s'en aperçoive, le regard vide, Douvetot avait promis qu'il le reprendrait au travail, c'était trop tôt, qu'il aille au cinéma, au restaurant, dans les magasins, qu'il sorte, qu'il voie des gens, marche dans les rues, qu'il se repose, le jeune homme barbu en bleu de travail avec les grosses lunettes m'avait dit que c'est normal, moi, vous savez, madame j'ai mis deux mois à pouvoir ressortir dans la rue, alors pensez, Monsieur Jean Flers, après quatre jours ! arrêt des Bosquets, Amiral-Mouchez, La Plaigne, Gissencourt, Tavelles, le sol de l'autobus était couvert d'une mince poussière de sable, Jean avait baissé le nez, reconnu la matière, ce devait être emporté là par les ouvriers d'un chantier, les gens qui montaient ou descendaient le faisaient crisser sous leurs semelles, Pré-Vaillant, La Passerelle, Bussois, Rincourt, Verdun, Castiglione, La Fosse-Armelles, le printemps s'installait sur Cormeilles, à chaque rond-point la mairie avait fait planter des fleurs, des géraniums, des œillets, des lavandes, des pensées autour de l'horloge, des pétunias, ravalé l'ancien comptoir des tabacs, fait repeindre les lampadaires, J'AI PEUR, VIOL, ENCULÉS, PÉDÉS, TOUS MORTS À VINGT ANS, J'AI UNE GROSSE BITE, JE SUCE, JE BOUFFE LES CHATTES, les gens dans le bus lisaient distraitement les graffitis, les employés municipaux avaient taillé les rosiers, élagué les quelques tilleuls, gratté les mousses sur les bancs de pierre près des fontaines place du Château, lycée Malesherbes, des gamines sont montées, leur ventre dénudé, la plus grande son nombril décoré d'un brillant, ventre doux, ventre de bébé, la pointe de leurs seins piquait le tissu léger, SALOPES, MORT AUX PUTES, MOULES POURRIES, j'ai vu les mots des murs se planter dans la viande, Jean regardait les rues, les passants, les boutiques, là-haut le ciel bleu sur les toits, JE PISSE SUR LES FEMMES, JE LÈCHE LES PETITES FILLES, J'ENCULE AMANDINE, J'AVALE LE FOUTRE, TUEZ-VOUS, les petites dans le bus se chamaillaient, riaient fort, se poussaient, prenaient plaisir à toucher leur grand corps tiède, fin, élastique, à faire se retourner sur elles le regard des passagers, deux hommes les observaient, leurs yeux noirs brillants, c'étaient les loups, Jean a fixé à nouveau le dos crème de la passagère assise devant, il ne l'a plus quitté, chaque défaut dans la chaussée le faisait sursauter sur son siège, provoquait des gargouillements d'estomac, Cité L'Argentières, les gamines sont sorties, suivies par les deux loups, j'ai entendu ma gamine se lamenter, ça venait de Jean, ça sortait du rond de sang sur sa poitrine, ma gamine pieds nus pataugeait là, son nez saignait abondamment, Sandrine pressait sa main contre sa figure, le sang giclait entre ses doigts, imbibait sa chemise de nuit, maman, j'ai froid, j'ai mal, elle hoquetait dans sa main, son sang bouillonnait et moussait dans sa paume, imbibait ses cheveux, une dame âgée, debout près de la porte, prête à descendre, regardait avec terreur la tache de sang sur la poitrine, elle voyait la petite fille, poisseuse, écarlate, prisonnière de la vase prune coagulée, elle aussi, je crois, avait senti les loups, le bus a ralenti, on passait une zone de travaux, la dame âgée m'a regardée, ses yeux clairs ont plongé dans les miens, deux améthystes, qui me disaient, baigne-toi dans mes yeux, petite, mignonne, arrive, lave ta tristesse, ris, danse, oublie, je me suis mise à l'eau de ses prunelles, jambes raides, bras écartés, ma robe gonflée, je flottais sur le dos, toutes les deux, irréelles, ma petite dans la tache rouge, et moi, dans mon rond d'eau, le bus nous ballottait, fronces d'eau sur le bord des paupières, terrible manège, on est passés sous un pont, crépuscule, deux étoiles dans le coin lumineux de ses yeux, il était temps de sortir de l'eau quand la vieille dame a fermé ses yeux, tout d'un coup sereine, j'ai cru reconnaître mon institutrice, Mademoiselle Derniermot, CM2, école communale de Poinchy, qui nous caressait les cheveux pendant la classe, ça voulait dire que même en dehors de la classe, elle nous aurait aimées, peut-être elle habitait Cormeilles avec son fils, nous on lui parlait pas parce qu'il était trop gros, *la Seine prend sa source sur le plateau de Langres, mademoiselle Derniermot, un arc-en-ciel est un arc lumineux coloré, parfois visible dans le ciel, à l'opposé du soleil, pendant une averse, j'ai bien appris, universel veut dire qui embrasse la totalité des êtres et des choses, bravo, c'est bien, pouvez-vous nous donner un exemple de chose universelle, mademoiselle Chantal ? l'amour, la peur, la vie, la mort, et mon cœur, lalala, qui ne bat que pour toi, mademoiselle Derniermot,* caressez mes cheveux, caressez, je chantonnais, Rond-Point des Carmes, Galtieri, la dame est descendue à Jaurès, elle m'a souri, au revoir mademoiselle Derniermot, je vous aime, tant et tant, toujours, ma vie, je vous aimerai !

Un oiseau de passage
Un oiseau sur la branche
Une étoile inconnue
Une étoile à connaître
Et le nom de cette heure
Et l'amour qui la nomme
Hirondelle ou mésange
Marguerite ou jonquille
Je les cherche et les trouve
Je les trouve et les chante
Bel oiseau, belle étoile
Nous chantons pour leur plaire

je récitais, je la voyais qui s'éloignait dans la vitre arrière de l'autobus qui roulait, j'ai bien appris mademoiselle Derniermot ! ma récitation pour aujourd'hui, écoutez, je la sais !

Une mer bouge autour du monde,
L'arbre et son ombre en sont venus,
Ravir à des doigts inconnus,
La faux qui luit dans l'eau profonde,

la dame a disparu, elle a pris la petite rue sur la droite, un pressing faisait l'angle, face à un bureau de tabac, encore un peu mademoiselle Derniermot, encore un peu, s'il vous plaît, par pitié, encore quelques poèmes, car je veux revenir au tableau, les mains contre mon corps, le dos bien droit, face à la classe, pour les copines qui rigolent, qui se moquent, qui sont belles, gorgées de sucre, fraîches, écloses, tracer un clair sentier dans leurs murmures, réciter,

Dans les vents et le vin, dans les flammes du feu
Dans les lointains ouverts venus du fond des yeux
Dans la fuite du sang sur les cadrans solaires
Dans la magique étude et dans le fond des verres
Toi
Dans le temps du soleil illuminé d'orties
Dans ce qui reste autour de ceux qui sont partis
Dans le cheval fourbu venant du bout du monde
Dans les tonneaux du temps que les sergents débondent
Toi
Dans l'étoile filante et l'appel des nuits bleues
Dans les doigts de vin doux et les doigts orageux
Dans l'ombre où je te cherche et les jours où tu fuis
Dans le gémir du vent et les pans d'aujourd'hui, qui tombent, dans le glas
et les torches qui brûlent
Dans le balancier d'or immobile aux pendules
Toi

par Pierre Seghers, poète français, mais c'est pas moi qui récitais, c'était Sandrine, qui tout ensanglantée faisait sa révérence, Jean somnolait sous l'effet des piqûres, marmonnait, maussade, écrasé, personne ne préviendrait les gendarmes, c'était clos, sa lèvre supérieure avait enflé, avec ses arcades bombées il ressemblait à un boxeur, Paradis, Cour-Félix, Les promenades, Vallons-L'épine, Champs plaisants, Monsieur Jean, Sandrine et moi, on est descendus du bus, dans la vitre des voitures garées, on faisait une drôle de famille, on a remonté toute la rue des Vignes à pied, c'était la première fois, lentement, à cause de Jean qui boitillait, ses petits pas, mes petits pas, nos pas en pointillé, comme une promenade, les arbres de la mairie portaient déjà des fleurs, *Prunus serrulata*, Jean allait en zigzag, pris de vertige, avec son nez enflé, son sang sur lui, sa marche hésitante, on aurait dit un ivrogne, combien avait-il bu de verres d'alcool à la gare de Montereau le jour où il avait tué ma petite ? où était passée ma gamine pendant que lui buvait ? qui la surveillait dans la voiture ? qui la gardait ? que faisait subir à ma petite fille celui qui la gardait pendant que le deuxième homme buvait ? pourquoi buvait-il à ce moment-là ? de honte ? pour se donner du courage ? pour se donner de l'envie ? le patron du café dira au procès que son client n'était pas vraiment saoul, plutôt gai, un client ordinaire comme on en voit tous les jours,

gai

ordinaire

tous les jours

le vent faisait voltiger une odeur de plâtre frais, on a retrouvé la voiture garée devant la maison, avec un mot coincé sur le pare-brise, *Monsieur Flers, Madame Breitman, vous n'avez pu reprendre votre voiture garée chez nous, Armand vous la ramène, reprenez des forces, je compte sur vous, à bientôt, Antoine Douvetot,* Jean s'est laissé tomber dans le fauteuil sous la fenêtre de la salle à manger qui donne sur le devant, amer, douloureux, soulagé, aussitôt j'ai rangé l'ordonnance de l'hôpital dans mon panier, j'ai fait cuire les pâtes, sorti du frigidaire le gruyère rapé, Jean s'est saisi, comme endormi, du journal de sports posé sur le guéridon, l'a ouvert, le regard vide, refermé puis reposé sur le guéridon, hagard, le soleil a fait resplendir sa chemise pleine de sang, il s'est levé avec difficulté, a tiré sur le tissu, inspecté sa poitrine, cherché je ne sais quoi autour de lui, il s'est rassis, a déboutonné le haut, puis reboutonné sa chemise, reniflé ses mains, il s'est relevé, les jambes molles, fait quelques pas, le tour de la table, s'appuyant sur le dossier des chaises, il a disparu dans la chambre, je l'entendais marcher, ouvrir et refermer la porte de l'armoire, plus rien, il s'était allongé, il a toussé, parlé, il s'est levé à nouveau, je l'ai entendu faire le tour du lit, je reconnaissais ses pas lourds, accompagnés maintenant par des pieds légers, des sautillements, je l'ai entendu tirer les tiroirs, refermer les tiroirs, ouvrir et refermer la porte de la chambre, passer dans la salle de bains, faire couler l'eau, la flamme du chauffe-eau s'était mise à crier, je suis descendue m'occuper des oiseaux, je leur ai changé l'eau, remis des graines, raclé les crottes sur le plancher des cages, toutes ces déjections je les entasse dans un seau en fer, quand j'en ai assez je m'en sers comme engrais pour les rosiers, j'ai lu dans un livre que c'était bon, je m'amuse à imaginer qu'un matin, à la place de mes fleurs, sur le bout des rameaux, sortiront des oiseaux, déjà, ils se posent sur ma main quand je la glisse dans la cage, ils se rassemblent dessus, je suis une branche, il suffirait que je reste immobile et que je les lâche pour que les oiseaux se posent sur moi, fassent à la saison leur nid dans mes poches, pondent sur le haut de mon crâne dans un repli de cheveux, je serais un peu comme un épouvantail qui fonctionnerait à l'envers, un attireventail, j'ai ri, quand je ris, j'ai mes joues bien pleines, des fois je pose mes mains sur mes joues et je ris, plus je les serre et plus je ris, j'ai l'impression de tenir dans mes mains le visage d'une autre petite que moi, que je garde dans mes paumes serrées pour que rien de fâcheux n'arrive, je protège son rire précieux dans un calice, je la câline, je le sais bien, la petite fille, c'est moi, immortelle, avec mes joues de pêche, avec mon rire, avec mes yeux, je suis en guerre, je suis une petite fille en guerre, seule avec ses petits oiseaux, *Notre Père qui êtes aux cieux, que votre nom soit sanctifié, que votre règne arrive,* j'ai égoutté les pâtes, tout versé dans un plat, saupoudré de gruyère, la buée masquait les vitres, avec le doigt j'ai dessiné un cœur, j'ai mis la table, deux assiettes, deux verres, les serviettes, les couverts, à l'avenir il faudrait que j'achète des fruits, on ne mange pas assez de fruits, tout le monde le dit, penser à faire rentrer du mazout, l'été c'est moins cher, du papier-toilettes, à deux, ça part plus vite, recoller les carreaux de la douche, Jean doit encore savoir faire ça, l'eau coulait, coulait, la crasse de la prison ne partait toujours pas, vingt-quatre années de crasse accumulée, le corps de Simon repose au cimetière de Hauterive depuis vingt-quatre années, vingt-quatre années de terre accumulée, combien de douches lui faudrait-il pour décoller la terre accumulée ? j'ai mis les pâtes dans le four à gratiner, l'eau s'est arrêtée, le hamster grattait sous l'évier dans son carton, Madame Annie avait mimé le geste de se donner un coup de poing dans la figure en découvrant la tête de Jean sur le parking de Vert Paradis, son premier fiancé la battait, son second fiancé la battait, son troisième fiancé, elle ne sait pas, elle pleure, elle rit, Madame Annie, gamine, personne ne dort jamais ? ne respire jamais ? tout le monde étouffe, la tête sous l'eau, *la terre est bleue comme une orange,* c'est quoi la suite, mademoiselle Derniermot ? dites-le-moi, dites-moi les montagnes, les forêts, les grillons dans les herbes, *Les guêpes fleurissent vert, L'aube se passe autour du cou, Un collier de fenêtres, Des ailes couvrent les feuilles, Tu as toutes les joies solaires, Tout le soleil sur la terre, Sur les chemins de ta beauté,* merci ! merci ! merci, mademoiselle ! je chantonnais, la radio parlait d'une possible vie sur Mars, moi je veux vivre sur la Terre, j'ai coupé trois tomates dans le petit saladier, fait la vinaigrette, cisaillé du persil, petits gestes, que l'air chaud laisse passer, ma gamine dansait, courait dans l'air qui s'écartait devant elle, l'air accompagnait, portait, l'air laissait faire, cheveux fins, robe légère, à la morgue ils avaient conclu, enfant sous-alimentée, à table, Simon la prenait sur ses genoux pour la faire manger, Sandrine ne mangeait pas, petite fille aux hanches saillantes, aux genoux ronds, mains fines, aux grands yeux pâles, maigre branche d'arbre flottant sur l'eau devant l'écluse de Montereau, l'homme de dos lui jette des pierres pour la faire couler, le ciel tout découvert était d'un bleu d'azur, les yeux bleus de ma petite, les yeux bicolores du loup, les algues qui l'accompagnent font une longue traîne sur l'eau, l'air chaud transportait l'odeur de Jean dans toute les pièces, j'aurais pu moi aussi monter dans la voiture, jusqu'aux gravières, il aurait baissé ma culotte, il m'aurait étranglée, poussée dans l'eau, lancé des pierres, Jean va venir s'asseoir à la table, manger ce que j'ai préparé pour lui, pour finir, j'apporterai les yaourts, on ne mange pas assez de laitages, tout le monde dit ça, ma petite se forçait à manger des yaourts avec des fruits, ils en ont retrouvé dans son ventre, avec les poissons dedans, je servirai à Jean le petit café dans le fauteuil et même, si j'ai du courage, je tirerai une chaise près de la fenêtre et je lui lirai le journal, je lui demanderai en retour de me lire un livre, ce soir, quand je m'endormirai, *Alice au pays des merveilles* ou *Le Petit Prince*, que j'ai toujours gardés, sauf qu'on changera la fin, le Petit Prince ne sera pas piqué par le serpent, le Petit Prince aux cheveux d'or restera vivre avec moi, éternellement, Jean a raclé sa gorge, rempli sa bouche, il a craché, fait couler l'eau du lavabo, fermé l'eau, ensuite, rien n'a bougé, plus aucun bruit, tic-tac du réveil, souffle étouffé du four, lointain frisson du gruyère fondu, vibration des murs au passage d'un camion, après tant d'années, je me demandais si la maman de Sophie viendrait me chercher pour la piscine, à moins que Sonia ne vienne chercher Sandrine, Simon devait charger les semis, une mouche courait sur la nappe tendue, la mouche de chez Douvetot ? une seule mouche pour toute la terre, unique, un jour elle vole en Corrèze, l'autre jour elle passe sur l'Himalaya, un monde avec une maison, un nuage, un arbre, sur la branche de l'arbre, un oiseau, sur la vitre de la maison, une mouche, dans la maison avec son arbre, son nuage, sa mouche, une salle de bains avec son homme pendu, je suis allée frapper à la porte de la salle de bains, du bout des doigts, Jean n'a pas répondu, j'ai entrouvert, la buée avait envahi l'espace, Jean s'était assis sur le bord du bidet, nu, avec seulement une serviette éponge nouée autour de la taille, hébété, j'ai ramassé la boule de vieux habits sales sur le sol, pris dans l'armoire un pantalon propre qui avait appartenu à Simon, un pantalon d'été, de toile grège, un polo neuf que je venais de lui acheter, des chaussettes neuves, un slip neuf, j'ai tout posé sur la tablette du lavabo, Jean fixait un point sur le carrelage, j'ai glissé mes mains sous ses aisselles, mes doigts se sont faufilés dans ses poils chauds, doucement, je l'ai aidé à se mettre debout, il tanguait, j'ai retiré la serviette nouée, il était nu, le ventre poilu, luisant de milliers de gouttelettes dans la buée de la douche, je lui ai passé son slip, il s'appuyait à mon épaule, en équilibre sur une jambe, sur l'autre, j'ai remonté le slip jusqu'aux genoux, jusqu'à sa taille, j'ai vu briller sa toison épaisse, son sexe disparaître, renflé, sa peau foncée, le gland rose vif comme celui des chiens, je l'ai aidé à enfiler son pantalon de toile légère, le polo de coton gris sur sa peau moite, bras levés, ses touffes de poils, l'odeur de sueur, Jean s'est rassis, j'ai pris son pied droit dans ma main pour enfiler sa chaussette, son autre pied, je l'habillais comme on habille un vieillard, gestes doux, lents, pour ne pas le faire tomber, pour ne pas le blesser, en l'habillant je lui parlais, *voilà, comme ça, doucement, c'est bien, la jambe, voilà, repose, lève l'autre, lève les bras, c'est ça, comme ça, assieds-toi, ton pied droit, tends bien, repose, l'autre, tends bien le pied, comme ça,* je l'ai aidé à se remettre droit, guidé jusqu'à la table de la salle à manger, il traînait ses pieds, je l'ai assis, dans un souffle il m'a dit, c'est l'effet des piqûres, Chantal, excuse-moi, il a posé ses mains à plat sur la table, sagement, de part et d'autre de son assiette, j'ai servi la salade de tomates, le gratin, il mangeait lentement, mâchait longuement, les vieilles dames de Poinchy mangeaient lentement, mâchaient longuement, le repas du dimanche durait des heures, je les parfumais dans le cou et derrière les oreilles, je mettais de la poudre sur leurs joues, dans les plis de leur cou, je les coiffais, leurs cheveux blancs restaient sur la brosse, mémé Estelle, mémé Sophia, je les aimais, *le petit cheval dans le mauvais temps, qu'il avait donc du courage ! c'était un petit cheval blanc, tous derrière et lui devant, il n'y avait jamais de beau temps dans le pauvre paysage, il n'y avait jamais de beau temps, ni derrière, ni devant,* elles chantonnaient pour moi, le petit cheval blanc qui avait du courage, j'aimerais que Monsieur Jean chantonne pour moi, *mais un jour, dans le mauvais temps, un jour qu'il était si sage, il est mort par un éclair blanc, tous derrière et lui devant, il est mort sans voir le beau temps, qu'il avait donc du courage ! il est mort sans voir le printemps, ni derrière, ni devant,* Monsieur Jean qui lit pour moi *Le Petit Prince* et qui me chante des poésies, on fera des choses pas compliquées, aller au cinéma, planter des fleurs, manger des glaces, applaudir la fanfare au Carnaval de Cormeilles, boire un Coca, acheter un petit chat, il embêtera pas mes oiseaux, puisqu'il les connaîtra, tondre l'herbe, faire la sieste sous les arbres, trouver des champignons, dessiner des maisons, Jean a mangé son yaourt, raclé le fond du pot, plié sa serviette, il s'est levé, laissé tomber dans le fauteuil sous la fenêtre, je me suis assise par terre, devant le journal de sport étalé, j'ai lu pour lui à haute voix les nouvelles du football, du rugby, du hand-ball et du hockey sur glace, Jean somnolait, sa tête en arrière, bouche entrouverte, ce que j'avais pris pour des points colorés sur ses chaussettes, c'étaient des Mickey, je lui ai lu l'aviron, le tir à la carabine, la natation synchronisée, Jean tortillait ses doigts de pied dans ses chaussettes, loin dans les montagnes, le loup qui rêve, le cou tendu, la gorge offerte, il suffisait de se lever, ouvrir le tiroir, prendre un couteau, poser la lame, tirer, je lui ai lu le tennis à Melbourne, le rafting dans le massif des Alpes, l'athlétisme à Saint-Denis, Jean s'est mis à ronfler, je me suis allongée par terre, j'ai posé ma joue sur son pied, de là je pouvais voir ce que les enfants voient, la poussière sous les meubles, un épluche-légumes que maman croyait avoir jeté avec les épluchures, un noyau de pêche, une balle, une vis tombée de derrière le buffet, son gros orteil bougeait sous mon menton, j'avais envie de rire, on ramassera des escargots le long des murs, on fera des crêpes, du vélo, peut-être même, un jour, on prendra l'avion, le plus gros, celui qui passe du cinéma pendant qu'on mange, on ira au Mont-Saint-Michel, au Salon de l'agriculture, voir les vaches et les taureaux, déguster des petits bouts de fromage gratuits, l'été on dînera dehors, quand il fait doux, les premières étoiles, on se prendra chacun la moitié d'un melon du jardin, je me suis levée, j'ai débarrassé la table, fait la vaisselle, Jean s'est réveillé, comateux, je lui ai dit d'aller s'allonger, il s'est dirigé flageolant vers la chambre, je l'ai entendu ouvrir la porte et juste après j'ai entendu des petits pieds qui couraient, qui tournaient autour du lit, j'ai sorti la poubelle, remonté l'allée de gravier, à travers la fenêtre de la chambre j'ai vu ma petite qui parlait à Jean à moitié endormi, elle faisait des grands gestes avec ses mains, je l'ai vue s'allonger contre lui, jambes raides, bras serrés le long du corps, j'avais l'impression de les espionner comme si j'étais une voisine trop curieuse, silencieuse, j'épiais

Sandrine martyre et son bourreau, dans la lumière qui leur venait du jardin, douceâtre d'avoir traversé les feuillages, pâle clarté attirée comme une abeille par les fleurs mauves du papier peint, depuis la chambre du haut, on voyait Sandrine dans la chambre de Monsieur Jean, j'ai appuyé mon front à la vitre, j'avais le tournis, les brocanteurs d'en face m'ont fait un grand salut, j'ai répondu d'un signe de la main, sorti la poubelle sur le trottoir au moment où leurs petites filles montaient dans l'auto, la plus dégourdie s'installait à l'avant, repoussait à l'arrière la sœur qui boite, jumelles cassées, le vent tiède secouait mollement les feuilles des arbres, ébouriffait les pétales des roses trémières débordant les murs, la voiture a dévalé la rue des Vignes, la petite fille à l'arrière s'est retournée, elle a souri, agité sa main pour moi, son bras, sa hanche en cent morceaux, je te prendrai dans mes bras, te pousseront des ailes pour te protéger des chiens, j'ai refermé la grille, les narcisses pointaient le long de l'allée, je suis passée par le garage, les oiseaux voletaient dans les cages, il faudrait essayer d'élever des oiseaux plus gros, des mainates, les gens sont demandeurs, ce sont des oiseaux qui parlent, souvent ils répètent ce que l'on vient de dire, bonjour! bonjour, comment tu t'appelles? comment tu t'appelles, ça va, coco? ça va, coco, Sandrine est jolie! Sandrine est jolie, Monsieur Jean est gentil! Monsieur Jean est gentil, je suis montée m'allonger sur mon lit, attendre les cris de Simon, ses reproches, certains soirs sa voix est douce, il est gentil, Simon de l'école de coiffure, il me demande pardon, je lui pardonne, il me parle comme avant, tu vas bien mon herbe ? petit bébé liseron, ma pervenche, mon pissenlit poussé sur le toit, je serrais mon bébé dans mes bras et Simon nous portait tous les deux dans ses bras, on riait, on prenait pas beaucoup de place, toute notre famille empilée comme des assiettes, une assiette creuse, une assiette plate, une assiette à dessert, Simon dévorait Sandrine, ma tartelette ! mon flan aux œufs ! ma glace pistache ! j'aimais quand Simon léchait ma fente en murmurant, mon sirop abricot, il se renversait, je caressais son sexe avec ma joue, petite pêche, Sandrine posait des bécots sur nos lèvres, tétait mes seins,

Monsieur Miroir marchand d'habits
est mort hier soir à Paris
Il fait nuit
Il fait noir
Il fait nuit noire à Paris

une chouette a hululé, ça n'est pas rare de les entendre dans les jardins du haut Cormeilles, elles chassent, profitant de la clarté de la nuit, il en vit plein dans Paris, l'homme place sa main en visière pour y voir loin, le corps de la petite s'éloigne sur l'eau, il rejoint la voiture, hurle de douleur, un mulot court sur les branches, grimpe sur le ventre de la morte, replonge dans l'eau, de l'autre côté de la rivière, sur la grande route, des camions passent, chargés de ces tonnes de gravier tiré à la rivière, au milieu des centaines d'autos qui filent soit vers Melun soit vers Nogent, le vent tourne, transporte le ronron de la circulation, l'éclusier a raison, il aurait pu ne pas sortir, ne pas découvrir le corps flottant devant l'écluse, c'est très calme en ce moment, vous savez, c'est plus tard dans la saison qu'on a les croisières fluviales des Hollandais, quant aux pêcheurs, ils se font rares à cause du camp gitan, la tête de la petite coule, sa bouche ouverte, sa langue violette attire les plus petits poissons, des ablettes, préciseront les médecins légistes, un goujon, quelques insectes flottants, des éphémères, Sandrine éphèmère au monde des éphémères, un groupe de colverts se presse en direction des îles, elle les regarde, en vol déformé, sous la surface de l'eau, une bulle d'air s'accroche à sa narine, je vois toutes ces choses, colorées, précises, qui défilent sous mes paupières, je veux dormir, je veux pas mourir, je veux voler, j'ai mis l'oreiller sur mon visage, la nuit, je vole, je suis une fée, sept heures du matin, on est sortis dans la brume, Jean tremblait, je l'avais réveillé tôt pour lui dire, c'est aujourd'hui, Jean, qu'on y va, il a bu son café, triste, absent, on a pris l'auto, la sortie Cormeilles-sud, j'ai fait le plein, Jean regardait tourner le compteur à la pompe, vingt-quatre ans d'augmentations ! il a souri, mélancolique, j'ai rangé mes bons, on peut gagner un livre sur le Débarquement, on a pris direction Le Mans, Orléans, Sens, Hauterive, on y sera largement pour le début de l'après-midi, au Mans, faire la halte gâteaux, le brouillard s'accrochait aux arbres, au clocher des églises, partout des hérons cendrés tournoyaient sur les prés inondés, on pouvait regarder le disque blanc et imprécis du soleil, sans cligner des paupières, sans pleurer, bien en face, Jean fixait le soleil, Jean se renfermait, durcissait, serrait les mâchoires, il grattait de son index la peau fine à la base de ses ongles, les kilomètres succédaient aux kilomètres, le soleil aux averses, les betteraves aux pâtures, on a passé l'Orne, les oseraies, tout un quadrillage de jardins ouvriers, Le Mans, je suis descendue, Jean m'attendait dans la voiture,

un éclair au chocolat
une religieuse au café
un paris-brest
un millefeuille
une tartelette à l'ananas
une tartelette aux poires
une tartelette aux prunes

j'aurais aimé, moi aussi, vendre des gâteaux, bonne route ! ça fait sept gâteaux, a compté Jean, mais on sera combien ? j'en ai pris plus pour faire du choix, on est repartis, Le Mans-sud, direction Orléans, Odile, Nadège, on remontait le temps, on suivait la rivière large et son eau lourde vers le premier filet de sang versé, Sandrine dormait derrière, drôle d'équipage, dans la voiture qui passe, une petite fille morte qui dort, une petite fille qui n'a pas l'âge de conduire, un assassin silencieux, sept gâteaux, le soleil a déchiré les voiles à Orléans, fait briller la Loire jusqu'au fond de son lit, les bancs de sable, les langues de verdure dans les courants, des vaches paissaient sans surveillance sur les îles, la peur a continué d'emplir Jean, je m'emplissais de larmes, Sandrine de rêves, après, peut-être, tout recommencerait, Jean desserra les dents, il avait vu un putois, beaucoup d'années avaient passé, Nadège avait eu un enfant avec un représentant en vins, un monsieur de Mâcon, qui passait le plus clair de son temps sur les routes, l'avocat avait défini le mari comme *un fuyard*, l'air vibrait, la lumière tremblait de plus en plus fort sur la tranche des nuages à mesure qu'on approchait, je sentais des cercles autour de nous, des ronds de feu, je reconnaissais parfaitement bien la route, les petites vallées à tournesols se jetaient les unes dans les autres, je connaissais les bois, les villages, leurs lavoirs, j'avais connu les salles des fêtes, Bazoches, Clérey, Aubepierre, sept kilomètres plus loin, Montmotier, Puiseaux, Bucey, Hauterive, j'ai ralenti, la poste, la mairie, la charcuterie sur la place, l'ancienne maison Breitman, la maison Flers, les serres, on y était, c'était tellement petit, *la charcutière pouvait témoigner de tout ce qui se passait sur la place grâce à la grande vitrine du magasin,* on s'est garés sur le nouveau parking qu'ils avaient aménagé sous les arbres, devant le monument aux morts, j'ai coupé le moteur, on a regardé les maisons sans bouger, sans parler, la maison de Monsieur Jean sur la gauche, la maison de Sandrine sur la droite, quatre fenêtres en façade pour la maison de Monsieur Jean, cinq fenêtres plus petites pour la maison de la petite Sandrine, une façade blanche avec du lierre, l'autre façade rouge crépie, deux perrons, quelques marches, une porte en bois plein, l'autre porte vitrée, c'est la description qu'en avait faite la presse, deux maisons côte à côte, sans histoires, deux maisons familiales pareilles à toutes les autres maisons, dans la première maison, recouverte de lierre, un monstre, dans l'autre maison, couleur du sang, une fillette, la petite Sandrine, six ans, innocente, des vies toutes simples, patron maçon, aide-laborantine, horticulteur, dans un village banal, six cent treize habitants, surmonté de son clocher, Jean et moi on a regardé longtemps toute cette banalité dont les journaux avaient parlé, nos maisons qui n'étaient plus nos maisons, Hauterive un peu plus vide, sans voitures, silencieux, mes narines s'emplissaient d'une odeur revenante de chlorophylle et de terreau mouillé, l'ombre d'un nuage a traversé lentement la place, Jean massait ses poignets, ses muscles gonflaient sous son polo, les veines bombaient sur la main, le maçon retrouvait son sable, un petit chien, la queue en trompette, trottait, levait sa patte contre les arbres, repartait, sa truffe au ras du sol, je voyais les gendarmes entrer, sortir de la maison avec le maire, j'ai vu passer les cousins de Reims, on sortait le cercueil de Simon, le cercueil de Sandrine, on les chargeait dans le fourgon, les fleurs, toutes ces fleurs magnifiques, une avalanche de pétales blancs, les gens se sont mis en marche, mains jointes, chapelet, tête basse, je marchais devant, dans ma belle robe bleu nuit, un foulard sombre sur mes cheveux, j'étais jolie, fine, un brin de muguet noir, une enfant-veuve, le clocher a sonné deux coups, Sandrine s'est réveillée, elle s'est assise sur le siège arrière de la voiture, a passé sa tête entre nos épaules pour regarder, les cheveux en épis, tout ensommeillée, on est arrivés ? on est chez nous ? c'est fini ? j'ai pris les gâteaux, on est descendus de la voiture, on a traversé la place jusqu'au perron de la maison recouverte de lierre, Odile et Nadège devaient se demander où Jean allait passer sa cinquième journée, l'assassin de ma petite fille ne boirait pas tout seul dans les cafés, on était plantés avec nos gâteaux devant leur porte, on s'est regardés dans les yeux, pour être sûrs, j'ai fait oui de la tête, il a fait oui, résigné, il a levé le doigt pour sonner, son doigt tremblait, il a laissé retomber son bras, il a pris le carton à gâteaux, c'est moi qui ai sonné, une fois, deux fois, une voix a crié à l'intérieur, oui, oui ! j'arrive ! suivi de la voix d'une petite fille, oui, oui ! on arrive ! la porte s'est ouverte, une jeune femme brune est apparue, en pull large et pantalon de treillis, avec contre ses jambes une petite fille en salopette blanche finement rayée de bleu, la jeune femme avait tiré ses cheveux sur le haut de son crâne à l'aide d'une pince en plastique rouge, ça lui faisait une queue de cheval plantée haut qui tournait sur son crâne chaque fois qu'elle bougeait la tête, elle a regardé Jean, elle m'a regardée, incrédule, la petite fille a demandé, c'est qui, maman ? Jean a répondu, c'est moi, moi qui ? a demandé la jeune femme, moi, Jean, la jeune femme s'est tue, ses yeux se sont écarquillés, elle a amené sa main qu'elle a plaquée devant sa bouche, la petite fille a recommencé, c'est qui, maman ? la jeune femme n'a plus bougé, elle a fermé ses yeux, deux larmes lui sont venues, calmement elle a posé son autre main sur la tête de sa petite, Nadège, a continué Jean, c'est moi, c'est Jean, Nadège a tourné son visage vers moi, je suis Chantal, Chantal Flers, l'ancienne voisine, tu te souviens pas de moi, tu étais haute comme ça, tu avais six ans, la petite a collé son dos contre les jambes de sa mère, j'ai baissé les yeux sur elle, la même taille que Sandrine, et toi tu es tellement jolie, dis-moi, comment tu t'appelles ? Coralie, a répondu la fillette, Jean a baissé ses yeux, penché ses épaules, son corps lourd, fait rentrer son ombre, Coralie, c'est très joli, tu as quel âge, Coralie ? six ans, la jeune femme est restée sur le pas de la porte, à serrer sa petite, avec ses grosses larmes sur les joues, sans dire un mot, un long moment, submergée de tristesse, petite Nadège, et puis elle a murmuré, Jean ? elle a répété, Jean ? le Jean que je connais ? Jean ? peut-être que pour lui c'était plus facile, alors Jean s'est adressé à la petite, je suis le papa de ta maman, je suis le papa de Nadège, Coralie, dis à ta maman que son papa est là, il est venu pour la voir, la petite fille a levé son nez, elle a répété timidement, un fin gazouillis, maman, ton papa il est là, la gamine s'est retournée, a enfoui son visage empourpré dans la toile kaki du pantalon de sa mère, Nadège a fixé Jean, haineuse, elle l'a giflé une première fois, Jean a baissé les yeux, elle l'a giflé une seconde fois, Jean a murmuré, c'est moi, Nadège, je suis ton père, Nadège lui a frappé la bouche, la tempe, la poitrine, Coralie s'est mise à pleurer, sa maman criait, mon père ? mon père ? elle a serré les dents, plaqué sa petite fille contre elle, déposé un baiser sur son crâne, fermé les yeux pour sentir ses cheveux, chuchoté à son oreille, pour la rassurer, Coralie, ma chérie, le monsieur que tu vois là, c'est ton grand-père, et puis d'une voix tout d'un coup devenue douce, elle nous a dit, entrez, Jean n'a pas bougé, Nadège a répété, entrez, entrez, venez, fermez la porte, Jean a posé sa main sur la poignée de la porte, poussé, essuyé ses pieds comme au retour d'un chantier, fait deux pas, s'est figé dans l'entrée, venez ! continuait Nadège, encore un pas, un autre pas, Jean remontait le courant jusqu'au sang, je ne reconnaissais rien, ni les meubles, ni la couleur des murs, ni même l'odeur de la maison, seulement la cour qu'on apercevait au travers de la porte-fenêtre et qui n'avait pas changé, le jardin qui communiquait avec nos serres par un portail en fer toujours là, c'est là que nos gamines passaient, une vieille dame se chauffait au soleil, emmitouflée d'une laine, sur un fauteuil d'osier, Nadège posa le doigt sur le carreau, Jean fixait la vieille dame assise au milieu de la cour, tu la reconnais ? elle dort, et de toute façon, elle se rappelle plus de vous, elle se rappelle même plus de nous, elle est partie, elle a fui, asseyez-vous, Nadège a pris les gâteaux dans les mains de Jean, elle s'est essuyé les yeux, a reniflé, filé dans la cuisine faire le café, on s'est assis sur le petit canapé, nous deux, l'un près de l'autre, Coralie sur le fauteuil, en face, elle nous fixait, Jean la regardait, Sandrine s'était assise par terre aux pieds de Monsieur Jean, attirée par Coralie, elle la regardait aussi, toutes les deux se sont levées, elles sont parties jouer dehors, Coralie a poussé le portail de fer pour disparaître dans la partie des serres, Nadège a ramené les gâteaux, le café, elle s'est assise en face de nous, quoi se dire ? qu'elle savait tout, sur Cormeillles, sur Douvetot, grâce au juge, nos sangs battaient, la démence, la torture, la peur, comment tu as pu faire ça ? elle pleurait à nouveau, l'odeur du café, des gâteaux, douceâtre, Nadège tremblait de tous ses membres, bras croisés, serrés sur son ventre, elle tordait ses doigts, mordait ses lèvres, elle m'a fixée à travers ses larmes, papa, oh papa, Coralie revenait, de jolies fleurs rouges dans ses cheveux, je peux prendre du gâteau pour Monsieur Antoine ? elle repartait, Nadège, petite Nadège, six ans, elle chantonnait, papa, oh papa, Odile ne bougeait pas sur son fauteuil d'osier, elle avait l'air morte, dimanche à Hauterive, le soleil faisait tourbillonner les premiers papillons jaunes du printemps, l'air chaud levait des grains légers arrachés à la terre des jardins, Nadège en fleur éclaboussait Sandrine en tapant du plat de la main sur les bacs remplis d'eau, petites filles comme deux sœurs, paradis, mon paradis, belle Coralie aux cheveux couverts de fleurs, je m'appelle Chantal Breitman, je suis née à la maternité d'Auxerre, je suis une petite fille, je suis jolie, j'ai six ans, la nuit je vole, je suis une fée, je passe par le sommeil qui est partout dans les maisons, cette nuit, avec Jean, on s'envolera, il me tiendra la main, il me serrera dans ses bras, on ira à la mer, et on reviendra là, le 12 mai 1977, un homme a tué ma petite fille, Sandrine, Sandrine avait six ans, les journaux avaient surnommé cet homme *le Monstre de Hauterive* parce que c'est là qu'on habitait à l'époque, à cent trente kilomètres de Paris, *le Monstre*, c'était notre voisin le plus proche, un maçon qu'on connaissait bien, Monsieur Jean, j'avais vingt-trois ans quand on me l'a tuée, j'ai des photos de moi qui datent de cette époque, et je trouve que j'étais jolie, ce sont des agents de l'Équipement qui ont trouvé le corps de Sandrine, coincé à la sortie d'une écluse, Simon et moi, on l'avait cherchée partout, on avait téléphoné partout à ses copains et ses copines de l'école et puis les gendarmes sont venus à la maison avec le maire, ils nous ont dit que la petite avait été retrouvée morte, Simon est resté muet et puis il a demandé, où ? je suis une petite fille, j'ai six ans, maintenant je veux vivre heureuse et je veux respirer

Table des poèmes

Cet ouvrage a été composé et imprimé par

FIRMIN DIDOT

GROUPE CPI

Mesnil-sur-l'Estrée

pour le compte des Éditions Julliard
en janvier 2005

Imprimé en France
Dépôt légal : janvier 2005
N° d'édition : 45893/03 - N° d'impression : 72147